Os Gringos
Contos

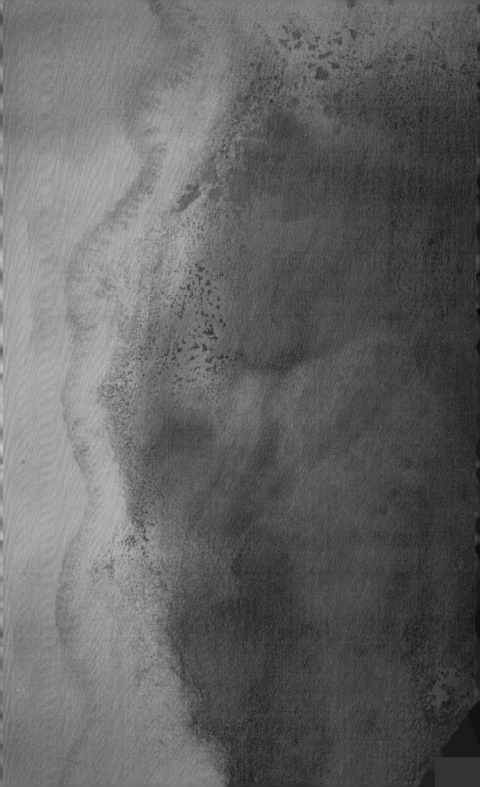

MAFRA CARBONIERI
[Academia Paulista de Letras]

Os Gringos
Contos

2ª edição

Copyright © 2015 Mafra Carbonieri
Os gringos © Editora Reformatório

Primeira edição: 1973 Conselho Estadual de Cultura de São Paulo

Editores
Marcelo Nocelli
Rennan Martens

Revisão
EM Comunicação

Imagem de capa
Retrato de Yolanda Graciano Franco aos dezessete anos, cedido ao autor por suas netas Katia Cristina Teixeira e Claudia Cristina Teixeira

Design e editoração eletrônica
Negrito Produção Editorial

Dados Internacionais de Catalogação na Publicação (CIP)
Bibliotecária Juliana Farias Motta (CRB 7-5880)

Carbonieri, Mafra
    Os gringos: contos / Mafra Carbonieri. – São Paulo: Reformatório, 2015.
    176 p.; 14 x 21 cm.

    ISBN 978-85-66887-20-4

    1. Literatura brasileira. 2. Contos brasileiros. 3. Ficção brasileira. I. Título. II. Título:contos

C264g   CDD B869.3

Índice para catálogo sistemático:
1. Literatura brasileira 2. Contos brasileiros 3. Ficção brasileira

Todos os direitos desta edição reservados à:

EDITORA REFORMATÓRIO
www.reformatorio.com.br

A meus pais
Hermínio e Annita
e
à vovó Yolanda

Amanheço antes da manhã.
Espero não anoitecer antes da noite.

PAULO VENDRAMINI

Epígrafes Anônimas

O homem moderno é o homem estarrecido.

As aberrações provam que para a natureza nada é impossível.

Se os tempos cobram do poeta isto ou aquilo, cabe a ele exigir outros tempos.

O estilo é o homem.
Mas por que demonstrá-lo pelos intestinos?

O arrependimento apenas comprova a imperícia do pecador.

A fé é anônima. A razão é assinada.

A solidão é uma presença incômoda.

Nota Prévia

Em 1965, então com trinta anos de idade, recebi o Prêmio Governador do Estado de São Paulo, por uma coletânea de poemas que o tempo transformou em dois livros, *O Canto Furtivo* e *A Lira de Roque Rocha*. Dois anos depois, 1967, voltei a receber o prêmio, agora no gênero da narrativa curta, por um caderno ao qual dei o nome de *Alguns Contos*. Era o título duma obra de Clarice Lispector. O tempo, outra vez o tempo, passando laboriosamente por essa estrutura, reconstruiu a matéria e dispersou-a em dois livros, *Os Gringos* e *Antologia do Conto Renegado*. O que restaria das construções precárias que a juventude dum escritor tentou pôr em pé? Não importa. *Não importa desde que a juventude não morra.* Em literatura nada se perde, tudo se cria e tudo se renova, para que a verdade se mantenha fiel a si mesma e conserve as emoções que a justificaram.

Em 1973 o Conselho Estadual de Cultura publicou *Os Gringos*. Não é este livro. Lá eu alinhei dezessete contos que, revistos e recompostos, migraram não só para coletâneas de histórias curtas, mas também para um romance sobre a emigração, *O Abismo*, onde há um capítulo com este nome, *Os Colonos*.

Na presente edição de *Os Gringos*, de dez narrativas, sete preservam o espírito da década de setenta, embora se voltem para os dramas da atualidade através de técnicas que a literatura já absorveu e consagrou. Três pertencem ao arquivo de minha produção recente, *Jazigo Perpétuo*, *Entrevista com Malavolta Casadei* e *Isolda Cavalieri*.

Embora eu prefira a leitura sequencial de meus contos, não me desgosta que se lance o primeiro foco em *Entrevista com Malavolta Casadei*. Exatamente. 2015. O ano da graça de 2015 articula o texto. Ainda bem que falta pouco para terminar o século XXI.

Entretanto, nada impede que eu antecipe aqui uma frase de *Antologia do Conto Renegado:* "Como o Brasil é rico. Pena que só os ladrões saibam disso..."

MAFRA CARBONIERI

Sumário

15 Jazigo Perpétuo

21 Balança e Gládio

35 Jornal de Agosto

59 Amadeu Javorski

75 A Última Viagem do Escriturário Matias

97 O Pecado Amarrado ao Poste

105 A Testemunha

129 O Relógio

143 Entrevista com Malavolta Casadei

169 Isolda Cavalieri

Jazigo Perpétuo

Desenterrada, o vento carregou para longe as feições da morta.

ORSO CREMONESI

Cortava-se o queijo na mesa nua. Era de osso o cabo da faca. De madrugada, eu estudava na cozinha e a família se recolhia ao cansaço. O bule de ágata, o café nunca esfriava na chapa do fogão à lenha. Minha mãe não permitia que o picumã se acumulasse na treliça do forro. Mas numa noite de vento, de afugentar o sossego e as telhas, caiu um pó fuliginoso sobre *A Idade da Fé*, um dos volumes de Will Durant.

Estando os tios na sala do piano, de colete e botina de elástico, por que demora meu pai a descer ao porão? Gosto de vê-lo despir a garrafa de sua teia de aranha, erguê-la contra a claridade da porta e esfregar do gargalo ao bojo um trapo de estopa.

Já chegaram todos, menos o tinto. A tia Mariana não trouxe o violoncelo e ainda não ofereceu a ninguém as suas pastilhas de menta. Vejo véus negros e missais de madrepérola. Pelos cantos, as tias trocam silêncio. *Vamos ao cemitério*. Mas, se saiu no rádio eu não ouvi, alguém morreu? Responde-me um pigarro anônimo, e em seguida alguém fala um nome, Elisa Canova.

Minha avó, Elisa Canova, viveu só trinta e oito anos e deixou esta fotografia. Basta abrir a Bíblia do quarto, o vulto de minha avó aparece numa janela, a mão no parapeito rachado, aquilo na parede é o estrago da Revolução de 1924 e a cada ano Elisa Canova mais se apaga. Não conheci minha avó. Sua imagem não me diz nada.

Vamos ao cemitério. As tias, só as mais velhas, uma de bengala e outra mastigando a gengiva, ocupam o Ford de tio Miúdo. Devagar, os demais seguem a pé: minha mãe de meio-luto: meu pai de chapéu de feltro. Tio Vicente desistiu do fumo e da palha. Tio Mário era barítono, mas sempre o acusavam de tenor. Quase um cantochão, ele declama as orações de nosso medo. Carregam todos uma intensidade que me perturba.

Imagine. A família vai desenterrar Elisa Canova.

Ao redor da campa, sob a aragem que verga de leve os ciprestes, aqueles homens parecem pedreiros com lenço no nariz. Grotescos e rituais, seus gestos revelam ao mesmo tempo o sagrado e a heresia. Escondido atrás de meu pai, enquanto o vento faz retinir as placas do cemitério, não consigo desviar os olhos, surgem no fundo da cova os restos do caixão. Só eu, ou todos se esqueceram de respirar?

Afastam o que sobrou da tampa.

Em torno o ar trêmulo, a morte não atingira as mãos e o rosto de minha avó. Era de terra o vestido e de ferrugem os cabelos. Porém, um pergaminho pálido, colando-se aos ossos, mantinha intactos a lembrança e o mistério de Elisa Canova, no sono, nos dedos, no colo, e comovidamente, nas feições não duma avó, mas duma tia desconhecida e próxima, apavorante e bela.

Durou pouco a aparição.

Logo o vento da serra desfez a pele seca de minha avó até desmanchar-lhe o semblante e as mãos postas. Então o esqueleto de repente. Meu Deus. Seria preciso morrer de novo? Os gritos da família ficaram presos no respeito e na religião.

Ninguém percebeu como surgiu na campa a pequena urna de cedro. Um coveiro depositou ali os ossos. De cabeça baixa caminhamos para o jazigo perpétuo.

Balança e Gládio

– I –

Ao entrar no gabinete, desconfiada e já arrependida por ter vindo, Dirce Maria puxava um menino louro pela mão.
– Sente-se – disse o promotor e também sentou-se. Ele consultou a ficha que o porteiro dos auditórios deixara sobre a pilha de inquéritos. Dirce Maria Tavares. Mãe solteira. Mulher da vida. O porteiro saiu, pálido, autoritário e de colete. Vinha pela persiana um retalho de sol morto, desgarrado da tarde quase crepuscular. O guri, impressionado pelo silêncio da sala, colava-se ao corpo da mulher, prendia no braço a alça da sacola de ráfia. De pé, ia afagando com a cabeça os seios da mãe, sentada.
– Posso falar? – ela indagou com timidez.
– Sim – decidiu o promotor num corte firme, não por preconceito contra a *mulher da vida*, ora, mas pelo hábito da réplica, o que significava um preconceito de outra natureza. Ele riscou com a caneta a frase injuriosa.

O garoto distraía-se com a gravidade do gabinete. Dali enxergava as figueiras do jardim, entre as cortinas da vidraça. Duas patas de leão, entalhadas na mesa, pousavam as garras no tapete de fibra. Uma balança igual à da Mercearia Santa Rosa. Será que aqui também se rouba no peso? Livros gordos e magros, na maioria vermelhos, sujos de poeira. O promotor, pensativo na poltrona de espaldar recurvo, tinha óculos de lente escura e não um lenço amarrado nos olhos, como a mulher de bronze.

– É seu filho?

Falavam dele. O luminoso do cinema se acendeu na praça. O menino louro não se afastava da mulher de carne. A luz duma viatura atravessou os vidros e escorreu pelo forro. A mulher ficou em silêncio, entretanto, uma ternura muito rápida, sem alarde e nem vacilação, respondeu por ela. Falavam dele.

Por trás dos óculos, os cotovelos no apoio do *Diário Oficial*, o promotor ia percebendo alguns pormenores: Dirce Maria Tavares não trazia nos olhos o vício da inocência alvar, que cedo cicatriza as mulheres da *boca*: nem cruzara as pernas no clássico chamamento: nem se via em seus lábios o trajeto da noite redonda e molhada. Vestia-se como uma costureira sem talento. Nem *Pietà* e nem *Madonna*. Parecia mortalmente o que era: uma jovem mulher cansada.

– Então?

O caso foi que Dirce Maria conseguira na *boca* da Costa Leite algum dinheiro, um filho e uma velha Singer. De cabeça baixa, o promotor ouvia o relato. Mudou-se para o centro, com propósito de vida nova e esperança para o inocente. Dizendo-se viúva, e do Lajeado, logo arranjou dois cômodos de madeira, nos fundos da casa da senhoria, na Rua Curuzu. Faço costuras de carregação, ela falou. A dona dos cômodos gostou do menino e dava-lhe arroz com torresmo, manjar branco, essas coisas, sempre com exclamações na voz suave. Mas veio a escarlatina, doutor. Andaram perguntando de mim no Volga e descobriram o meu passado, ela falou. As freguesas que estavam em atraso acharam moral não pagar.

Dirce simplificou o seu desamparo.

– Bem. Devo três meses de aluguel e a proprietária me tirou a máquina de costura.

– A senhora procurou outra casa?

– Não. Eu voltei para a Rua Costa Leite.

– Como é o nome da proprietária?

– Acho que Augusta. Augusta Sales.

O menino louro examinava atentamente as unhas do leão, polidas, brilhantes, predadoras. O promotor, após ter escrito numa folha timbrada, Augusta Sales, e assinado com vigor, estendeu-a ao alcance da mulher de carne. Girou no polegar o disco dentado da campainha.

– Entregue em mãos.

– II –

Amarfanhando a aba do chapéu de feltro, entrou com desdém o sitiante de trinta alqueires. O porteiro dos auditórios anotara na ficha: João Bauer. Agricultor. Jurado. Católico. Viúvo. Vicentino.

— Boa tarde, doutor. Presto uma homenagem à justiça ao solicitar o aconselhamento de vossa excelência. Sem dizer nada, o promotor indicou-lhe a cadeira mais próxima da mesa. O sitiante de trinta alqueires tinha as botas bem engraxadas, embora recente o esterco do salto e da chapa em meia-lua: calça de brim bege: blusa xadrez: e o cinturão largo para conter o arrojo da barriga viril.

— Com licença.

Sentou-se, abriu as pernas, escondeu o dedão por trás da fivela. Pelo tom decidido da voz, quase rancoroso, observou o promotor que o sitiante de trinta alqueires não viera em busca de conselho, e sim de apoio para uma resolução já tomada. Havia no rosto curtido de suor e orgulho a sombra duma obstinação.

— Tenho três filhas — ele disse. — Ontem a mais nova dormiu fora de casa.

— Quantos anos tem a menina?

— Quinze — rugiu o sitiante de trinta alqueires e três filhas. — Dormiu com um volante que ganha por dia.

— Acontece — ponderou o promotor.

— Não comigo — gritou João Bauer. Agricultor. Viúvo. Jurado.

— Requeira um suprimento de idade e case os dois.

— Nunca — João Bauer limpou o brilho do rosto com a mão fechada. — Compreenda, doutor. O vagabundo só quer o meu dinheiro — coçou-se na fortuna João Bauer. Católico. Viúvo. Praticante.

— Não vejo alternativa. A sua filha não foi deflorada?

— Claro que não. Nem pense nisso, excelência.

– A menina passou a noite com o namorado e não foi deflorada?

Um riso nervoso e torto, o sitiante de trinta alqueires e três filhas intactas, enviesou a cabeça.

– Vagabundo não namora, ele tenta tirar proveito da honra alheia. Conheço as minhas filhas como conheço cada quarta de minhas terras. Elas tremem de amor filial quando ouvem o rangido destas botas. Dei na Maria Ingrid uma surra de criar bicho. Dever de pai. Ninguém me tira esse direito. Ela jurou diante de mim e do retrato da falecida que não houve desonra. Se saiu algum sangue, foi da surra.

– O senhor machucou a menina?

João Bauer não ouviu. Acomodou-se na cadeira.

– Acredito na lei e na sua força contra os cafajestes e os vagabundos. Nosso nome permanece no resguardo. Por isso pago impostos e cortesias. Maria Ingrid resistiu com a fé e a bravura de nossos antepassados. A família da falecida é muito antiga. Somos aparentados com um bandeirante e um senador do Império.

O promotor puxou a tampa da caneta.

– Quero que a Maria Ingrid se submeta a exame pelo médico-legista.

– Mas, doutor...

– Apenas para que se tenha certeza. Se a sua filha foi deflorada, a solução será a que apontei. Se ainda permanece virgem, apesar de ter dormido uma noite com o rapaz, a questão é moral e o senhor resolve sozinho. Quero saber também se há outras lesões.

João Bauer fechou o sobrecenho. Eleitor. Vicentino.

– III –

Os dedos da velha, esticados, também o pulso magro que pendia da manga, semelhavam gravetos de árvore abatida, sujos de barro seco. Ela esfregava o pescoço e ria. Agora chorava. Só vendo o doutor que triste judiação. Jogaram pedra nos bichinhos. Primeiro foi a carijó. Depois o galo. Botei toda a criação na minha cama. Tenho medo até de sair de casa, doutor, que eles entrem e matem os meus bichinhos.

Para que o barbudo de pés deformados pudesse subir as escadarias do Fórum, dois praças suspenderam o homem pelas axilas e carregaram em triunfo a sua miséria gibosa. Como um político de gengiva roxa e sem dentes, abrindo alas com o riso, ele aceitava a glória – muito rara – da atenção alheia. Obrigado, Senhor, pela elefantíase. Tinha os olhos verdes e espectrais. Os cabelos, acumulados na nuca e nos ombros, misturavam-se à barba crespa. Nem era velho. Uma alucinação o mantinha bíblico e escarninho. Ao falar, tomava-o uma embriaguez mística. Fedia. Venho saber se ainda tenho direito à desgraça, ele disse. Conversei com Deus e ele me guiou: "Vai..." Em seguida, pondo um dedo na minha cabeça, falou: "Conta sempre o teu padecimento a quem possa ouvir..." Aqui estou. Lavarás as mãos, doutor? Vivo de esmolas e fico na praça do Paratodos, no poste da esquina onde, como Pedro, armo a minha rede. Então apareceu o homem da ferida no pescoço. Só pode ser Judas. Disse que ia ficar até que a ferida fechasse. Meu Deus, a ferida não fecha nunca. Permitirá a lei a concorrência na miséria?

O menino triturou quatro dedos na máquina de moer carne. Mandou que eu fosse embora, disse. Não pagou nem a conta da farmácia e do hospital.

O velho tirou o contrato do bolso de trás e alargou a boca num sorriso envergonhado. O seguinte é este. O ano foi fraco demais e não posso pagar a renda. A fome entrou de rijo lá em casa. Também são doze bocas, contando com a sogra e uma prima louca. O que o doutor conseguir em meu benefício, Deus está apontando. Se o patrão quiser a minha roça de mandioca, eu saio da terra. Os judeus não saíram do Egito? Não tenho para onde ir, mas estou acostumado. Sou homem de acordo, doutor.

Um estouro, não da boiada euclidiana, mas de obesas e lívidas palavras, invadindo o gabinete e compondo a justa indignação do porteiro dos auditórios, homem de fé e colete. João Bauer exibe lágrimas nas esporas e esterco de cavalo nos olhos. Agita na mão a cópia amassada do laudo. A vadia me enganou, doutor. São amantes desde a noite de Natal. Olhe o desrespeito, doutor. Maria Ingrid me confessou tudo por sugestão do médico. Com que tristeza eu faço esse casamento. O canalha deflorou o meu dinheiro, e dele tem sido amante, e dele será um sórdido marido. Maria Ingrid Almeida Prado Bauer. Que a decepção me mate antes dos doces.

– IV –

A proprietária Augusta Sales escutou isto:
– Nada no direito moderno justifica a sua execução por nossa conta. A senhora não podia ter tirado a máqui-

na de costura ou outro objeto de sua inquilina. Há uma diferença entre credor e juiz.

— Doutor, ela deixou de pagar três meses e cinco dias de aluguel. Fora outros obséquios, mimos que meu coração me impediu de cobrar. Eu tratava o menino como se fosse meu filho.

Falava com entonação macia e enviesava o corpo, com desconforto, para não ver ao lado a costureira e o garoto. Alta e de ossos salientes, uma tênue pintura tocava o marfim de sua face. O promotor, agora sem os óculos, deteve-se no exame daquelas têmporas já grisalhas. Disse:

— Não importa — abriu o código, fechou-o sem lê-lo, fez um esclarecimento neutro. A senhoria não deixou que a surpresa lhe afetasse o recato. Achou na bolsa de crocodilo um lenço com o debrum do luto.

— Vou então perder o meu dinheiro?

O menino louro percebeu a palavra *promissória*, e como ali estivesse o leão, deduziu que a mulher do chocolate e do manjar branco tinha feito justiça pelas próprias garras. Entretanto, acabara de ver com alvoroçado interesse que a mulher de bronze carregava uma grande espada. Teia de aranha e pó num livro gordo? Uma *promissória*.

— Vou acrescentar os juros — sibilou Augusta Sales. — A Singer não saiu do lugar. Está à disposição dela na minha casa.

— A senhora chegou a utilizar a máquina? — indagou o promotor.

— Não. Por nada eu colocaria as mãos em alguma coisa que viesse da Rua Costa Leite.

Imagine. A Singer de minha mãe nunca esteve suja de pó ou teia de aranha. De repente, a minha mãe ficou muito brava. Dirce Maria Tavares largou a sacola de ráfia no tapete.

– Mentira – interrompeu a proprietária, sem fôlego, a voz pálida. – Jamais passou pela minha cabeça ficar com a criança.

Ora, falavam dele?

Impassível, e de óculos, rabiscando uma caricatura de si mesmo, o promotor entendeu. A proprietária Augusta Sales só retivera a máquina de costura quando a *mulher da vida* se negou definitivamente a deixar-lhe o menino louro, *de papel passado*. Sim, Victor Hugo, o verdadeiro amor é o perverso amor.

Augusta Sales carregou de nobreza e obliquidade o pronome:

– Posso retirar-me?

Arquivando os documentos, o promotor ergueu-se.

– Pode.

A proprietária saiu apressadamente, odiando com força o menino louro. Isso não era difícil para quem já odiava a vida. De olhos baixos e abotoando a blusa de lã, Dirce Maria despediu-se. Na porta, o menino louro voltou-se e acenou.

O promotor releu o laudo de Maria Ingrid. Não havia lesões puníveis. Pediu um café pelo interfone e acendeu um cigarro. O café ainda me mata.

– V –

Eles esperam a sua vez. Espalham-se pelos bancos do corredor. Pisam com vergonha os ladrilhos da autoridade ou encostam-se nas paredes. Não se sentem próximos, muito menos cúmplices de alguém, reconhecem-se pela resignação e ficam juntos por sarcasmo. Cedo aprenderam a viver com as sobras. Sabem que sujam as paredes e isso os diverte. Se pudessem, mijavam ali. Estão amontoados. Seria indolência se não fosse avitaminose. Uma fome ancestral desfigura-os. Disformes e remendados, eles invejam os mortos. Séculos de carência criam monstros. No suor, medo ou alho? Nas mãos, rapina ou artrose?

O promotor passa por essa humanidade todos os dias. Agora, ele sobe a escadaria interna do Fórum, sozinho e grave. Sua presença inibe o escarro. Parece permanente a procissão: os fiéis de sempre. Serão atendidos apenas no encerramento das audiências criminais. O delito tem privilégios que a miséria desconhece.

João Bauer livrou-se de seu advogado e tropeçou.

– Doutor, o bandido não quer casar. O senhor escutou direito, não estou bêbado, *ele não quer casar com a minha Maria Ingrid Almeida Prado Bauer*. Mas eu mato, excelência. Eu mato. Isso não fica por isso mesmo. Ou casa ou morre.

O bando do corredor espantou-se. O sofrimento podia cair até sobre os donos da terra, esses que arrotam o almoço recente e exalam adubo de cavalo, o melhor dos adubos. João Bauer, jurado e viúvo, eleitor e vicentino, esticou o indicador calibre 38.

– Falecida. Falecida. Por que eu não fui no seu lugar? O advogado acudiu com um copo de água fresca e artigos do Código Penal. João Bauer estilhaçou o copo no assoalho, despertando para o dever um velho soldado da Força Pública. As mulheres não se importaram. Beatificaram a frieza com o sinal-da-cruz e uma jaculatória. Sendo solidários os homens, porém só quando distraídos, o bando do corredor vasculhou os bolsos vazios. Uns cuspiram no chão. Era proibido fumar.

Jornal de Agosto

– I –

Aos poucos, e demoradamente, uns fazendeiros do século xix construíram Conchal no Vale do Lavapés. Primeiro a igreja e depois a cadeia, ambos coloniais. O Rio Lavapés corre de leste a oeste, desfaz-se em meandros na baixada de Conchal, entre as pedras de diabásio, e deságua no Peixe, em Santana Velha. Escavado o chão rochoso pela natureza, um imenso anfiteatro em forma de concha, foi surgindo, à imagem e semelhança dos pioneiros, um casario rude e desalinhado.

Antônio Carlos, sem camisa por causa do calor, suando na varanda da casa porque corrige provas, irritando-se a cada erro de seus alunos de literatura e gramática, olha o centro histórico de Conchal e mistura passado e presente. Faz isso para se distrair.

A estalagem dos espanhóis, a oficina de carroças (dum ferreiro alemão), o posto de gasolina (dum japonês), e italianos na padaria, no açougue, no bar, no armazém, na barbearia, cantando no coro da igreja e tocando concertina nas quermesses.

Numa ode ao sentimento libertário e ao progresso, como desconhecer a Casa da Lola, um bordel de luz vermelha na porta?

Antônio Carlos abusa do lápis vermelho. A escola só apareceu em Conchal depois da putaria. Mas apareceu e se chama Colégio Voss Sodré, onde ele ensina coisas obscuras como sujeito indeterminado, gerúndio e verbo de ligação. Tem o apelido de *Urso* porque seu nome é Orso, Antônio Carlos Orso Cremonesi, um decassílabo, ele também disserta sobre isso a descendentes do farmacêutico Losso, do armeiro Hanns Schultz e do fazendeiro Bento Calônego. Entre outros. Por que são tão ignorantes os herdeiros naturais? Lápis vermelho.

Década de sessenta. Um círculo a lápis vermelho ao redor de 1964. Da varanda, Antônio Carlos vê o Hotel dos Viajantes. Quando chegou a Conchal, hospedou-se nesse hotel, melhor do que as pensões da Rua Voluntários da Pátria. De manhã, os pardais entravam pelo janelão e vinham tomar café com ele. Ariscos, porém amistosos, contentavam-se com os farelos.

Era no tempo da Força Pública. Militares invadiam bibliotecas para apreender *A Capital*, de Eça de Queirós.

– II –

Depois do concurso, antes de se decidir pelo Voss Sodré e trazer a mulher, Antônio Carlos escreveu à Estela uma carta estarrecedora: "Neste burgo, onde o calor parece brotar de vulcões ressentidos, só há uma estação do ano, *a estação de agosto*, chova ou faça sol, seja manhã de junho ou tarde de dezembro na torre da igreja ou nas quaresmeiras do jardim. Pesa em tudo um hálito de queimada e de cães raivosos. De meu quarto no hotel, sinto o amarelo seco da terra, opaco e quente, que o vento arranca num uivo de agosto e deixa nas paredes, nas pedras do calçamento e nos telhados de cinza escorrida..."

Estela respondeu: "Parece bom. Quando partimos?"

"Cavalos de criadores ricos, como Vendramini ou Lunardi, espalham oferendas intestinais no passeio público: são animais de raça: mas esse tipo de pureza não se avalia pelo esterco..."

"Quando partimos?"

Partiram. Alugaram uma casa no Largo da Matriz. Quantas vezes viram juntos o velho de terno preto e chapéu de palha, de guarda-chuva fechado, acercando-se cautelosamente dum banco da praça, de meias de crochê e chinelos?

A decadência enverga roupas escuras na estação de agosto. Agora, Antônio Carlos ajusta os óculos. Faltam dois pacotes de provas (umas setenta). Ao calor, as pedras do chão parecem ferver, envolvendo o velho numa névoa trêmula. Ele foi alguém da família Garcia Toste. Perdeu a noção de tudo. Uma mulher, talvez neta, o vigia à distância, com impaciência e enfado. O Alzheimer o vigia por dentro, com indiferença e neutralidade. A morte nos vigia a todos, pensa Antônio Carlos. Estamos em Conchal faz dois anos. Quando partimos?

– III –

– Estela... Estela – era Antônio Carlos gritando. Atirou nos ladrilhos o almofadão da espreguiçadeira. A peça deslizou com seus bordados pelo piso e chocou-se contra um vaso de antúrio. Estela apanhou-o ao entrar na varanda e devolveu-o com força. Atingiu o *urso* no peito nu.
– Um dia você me quebra os óculos.
– O que aconteceu? Uma barata? Um sapo? Acabou a correção?
– Terminei. Venha cá.
– Não. Não gosto quando o brilho de sua inteligência vem do suor.
– Venha. Nunca despreze o suor dos outros. Ele é a água benta do trabalho.
– Não. Não. Não se distingue o cheiro.
– Insensata. Burguesa. Capitalista.
– Mas de banho tomado e unhas feitas.
– Depilou o pentelho?
– Isso não merece resposta.
– Mas é uma indagação filosófica. Nunca despreze o racionalismo da paixão – e o professor agarrou Estela com doce violência. Ela se debateu ternamente, escapando sem fugir e sem deter a capitulação dos bons costumes. Estaria a calcinha vermelha de vergonha?
– Só depois do banho... – propôs Estela. – Falo sério. Não casamos com comunhão de suor. Depois, aqui na varanda, o que é isso? Não podemos dar mau exemplo aos cães da rua.

O calção de Antônio Carlos revestia o volume tenso e indecente de seus propósitos.
— E se eu implorar em versos?
Estela abotoou a blusa. Disse:
— Há momentos em que o sabonete de lavanda supera Bocage.
— Não é Bocage. Sou eu, seu marido. Ouça, mulher desumana e crudelíssima:

*Irei embora sem deixar rancores
no embornal da vida ou da razão.
Adeus Conchal. Ginásio. Colegial.*

*Embora irei, mas deixo fodamores
na lembrança... na esperança... de quem?
Não há além, não há, portanto vem!*

Abria os braços longos e magros, e empinando o calção, o olhar intenso, imitava-se a si mesmo com despudor e sedução, um fauno, um Gregório de Matos fora do tempo. Anos depois a nostalgia o perturbava mansamente entre canecos de chope e sua literatura de bar, à meia-noite, para alunos bêbados e surpresos. Orso evitava os espelhos. Porém, um rosto o perseguia, o seu, adunco e lívido. Agora no verão, ao crepúsculo, o céu era claro e as nuvens roxas. Os fodamores não se restringiam a Estela. Ele recorda Amelita, viu-a pela primeira vez na Feira da Praça Gorga, as pernas compridas e o traseiro generoso. No quiosque onde Nina Sarno lia o

futuro, Amelita olhou-o de relance, e logo inclinou o espanto do rosto, submissa e pronta.
– Insisto no banho.
– A dois? – insinuou o poeta.
– Isso não merece nenhum comentário.
Antônio Carlos assumiu a sua face Orso. Disse:
– Merece e eu vou fazer.
– Sim? – Estela sentou-se num degrau e protegeu-se com o almofadão. – Então faça.
– A natureza é selvagem e bela porque fode.
– Meu Deus...
– Tudo fode ao nosso redor. A vida é a reprodução permanente de si mesma, num trânsito de seiva e húmus. Tudo carrega na sua substância o resíduo a que retornará. Também os racionais, que na vitrina zoológica são os mais predadores e interessantes, tornarão ao pó, isto é, ao próprio resíduo que acumularam durante a vida.
– E por isso devemos tomar banho juntos?
– Sim. E foder. Um casal de onças, no glorioso cio, fode oitenta vezes num único dia. Veja que exemplo.
– Chega, Urso.
– E o que faz a abelha na flor? Minete. Apenas isso, querida. Minete. Com delicadeza e intimidade vital. Devemos copiar a natureza.
– Chega... Chega. Vá tomar banho. E sozinho...

– IV –

Logo de manhã toca o telefone. Irrita-se Orso ante um café e um poema: o café por tomar e o poema por escrever. Deixe que eu atendo, diz Estela e vai ao escritório. Na volta informa com desgosto irônico. Aguarda na linha Francisco Xavier da Veiga Mariz. Antônio Carlos esvazia a xícara. Logo de manhã.

– Veiga?
– Você é um louco.
– Vindo de você suponho seja o anúncio da glória e da consagração.
– Nestes tempos perigosos, de militares à espreita, você se arrisca e não se importa de comprometer os outros.
– Obrigado. Gostou tanto assim de meu artigo?
– Só hoje fiquei sabendo, com horror, quem é a bela senhora que você traz a meus pobres e absolutamente dignos aposentos.
– Veiga. No tema em questão o absoluto não existe.
– Eu quis servir a um ilustre amigo, entendi o cunho emergencial do episódio, isso acontece na sua idade, e você se envolve com a mulher dum cabo da Força Pública. Meu Deus.
– Não me apresse. O estudo ainda não está acabado.
– No meu quarto nunca mais.
– Isso é fundamentalismo. Mais um dia e eu concluo.
– Não ocorreu a você o escândalo possível? A minha prisão? O empastelamento do jornal? A minha morte?
– Você me comove. Não calculei que o artigo tivesse tal alcance. Agradeço.
– Seu corpo encontrado no Lavapés, com formiga nos olhos... No meu quarto nunca mais. Nunca mais.
– Por favor, Veiga. Não cite Allan Poe em vão.

– Bom dia, louco.
– Bom dia, querido amigo.
Logo de manhã. No ar o aroma do pão fresco. Quem suporta inconveniência tamanha? Retorna Orso ao poema inacabado e ao café. Da cozinha, lavando a louça e descartando restos, pergunta Estela o que tanto conversaram. Como sempre, nada significativo, diz Antônio Carlos, as irrelevâncias do costume e as covardias miúdas. Ele censura o meu texto antes dos militares. Enxuga Estela o bule de ágata. Que texto? Inventa o poeta com sarcasmo dúbio. "O amor dilata os corpos. Fá-los crescer..." Ri Estela. Isso justifica uma chamada logo pela manhã? De repente, o pensamento em Amelita, na verdade não resistimos à nossa sordidez, Orso escreve no caderno grosso: risca energicamente e reescreve. Ele disse que sou um louco por ter escrito isto: "Diferentemente do que pretendem as vítimas da crença, Deus não passa dum cavalo cego, de ancas e patas brutais, selvagem e inconsequente, incapaz de conter os cascos e o coice..." Por um momento, Estela mantém-se em silêncio. Agora de costas para a pia da cozinha, pode ver o marido na copa, sentado, o cotovelo na mesa, a mão esquerda na testa, fazendo escorrer do pulso um poema destro. Comenta Estela:
– Veiga supõe que para os nossos cabos e sargentos isso transmitiria uma mensagem cifrada?
– Não perco tempo com nenhuma suposição que ele possa fazer.
– Gostei da frase "as vítimas da crença..." Ela brilha como gume de faca.

— A literatura será sempre uma mensagem cifrada. Que os idiotas se conformem com a literalidade do que leem.

Nessa manhã, Estela aproximou-se dele por trás, abraçou-o com suavidade, mas também o encosto da cadeira. Disse:

— Há um antagonismo entre você e o mundo. Prefiro você ao mundo.

Isso o perturbou. A caneta caiu sobre o rascunho. Ele fez pender o rosto para a esquerda. Quase um murmúrio:

— Posso beijar sua mão?
— Pode. Sem compromisso.
— A língua entre dois dedos?
— Não. Tenha respeito pelo detergente.

Aquartelado o cabo Clóvis em Santana Velha, com as viaturas de guerra manobrando pela Rodovia Marechal Rondon, o encantamento de Amelita e Antônio Carlos, cheio de sustos e cuidados, começara nos idos de março. Então, na primeira madrugada de abril, quando o golpe triunfava e um soldado invadia a casa dum pastor protestante para apreender *O Vermelho e O Negro*, a subversiva obra de Stendhal, o galope de ambos no sofá da sala acordou uma criança no quartinho dos fundos. "Deixe, é minha filha Rosângela... Está ficando muito enjoada..." Antônio Carlos, atingido pelo choro, "somos no fundo uns sentimentais", até Sartre (diante duma terrina de chucrute em Marselha), apressou o corpo a corpo, lavou-se no tanque do quintal e vestiu a cueca. Prometeu voltar.

Era um homem de palavra.

Vista da sala, era convidativa a cama de casal, com almofadas aparatosas e o criado-mudo onde avultava o retrato do casamento. Um abajur de luz indecisa criava no cômodo um cenário de Maupassant, deliciosamente torpe. Quebraram-se duas molas do sofá, num sábado chuvoso. Não merecemos algum conforto? Ela estremeceu, encolheu-se aturdida, chegou ao cúmulo de esconder o pêssego felpudo entre as coxas. Nunca no quarto. Nunca na cama que o meu marido comprou com sacrifício. A Força Pública paga uma miséria. Ora, uma adúltera com consciência cívica. Isso motivaria talvez uma tese universitária, e Antônio Carlos recompôs a moralidade da braguilha.

No quinto encontro, Veiga Mariz, dono de *A Gazeta de Conchal*, sensibilizou-se pelo desconforto de seu redator e ofereceu-lhe o quarto de solteiro, no andar de cima, com acesso pelos fundos da oficina, obsequioso e comovido, porém sob promessa de sigilo: cuidado extremo: e, pós-coito, reparação higiênica do mobiliário. Veiga, meu irmão em Cristo!

E de repente, do dia para a noite, tudo mudou, não mais o irmão em Cristo, agora um irmão medroso e ridículo, que ressuscita Allan Poe e o seu dramático *nunca mais*, mulher de soldado não frequenta o meu quarto e muito menos a minha cama, e para piorar essa página escura de minha biografia, eis que o armeiro Hanns Schultz surpreendeu a mulher com um peão e matou-os a tiros dum Taurus de cano longo. Dias depois, a golpes dum ferro em brasa, o farmacêutico Losso aleijou vergonhosamente um seminarista do feudo Carvalho Mendes, pecuaristas, pobre rapaz, já com tonsura de diácono e curso de teologia na Gregoriana de Roma. Ele viera passar as férias com os bois da família. Logo agora, nestes tempos ecumênicos de missa em português e discussão do celibato. Uma tragédia. Porém, voltando ao Losso, logo o Losso, um exemplo de corno, cuja mansuetude todos admiravam, e que jamais se importou com o desfile de escoteiros nos seus nobres aposentos. Mistérios... Enigmas para desencorajar fodamantes irrefletidos.

Estela observou:

– O Veiga não deixa de ter razão.

– Como? – assustou-se Antônio Carlos.

– Eu defino o Veiga Mariz como uma das *vítimas da crença*. Ele não pode entender a convicção independente.

Com escrúpulos obscenos, Veiga encarregou-se do noticiário sobre o farmacêutico e o armeiro. Notas pífias. *A Gazeta de Conchal* jamais publicaria Camões ou Shakespeare, espiões russos.

– V –

Estela preparava um jantar leve. Gostava disso e do avental xadrez. Passava das sete, mas a noite tardava. O velho de terno preto e chapéu de palha, de luto por si mesmo, ergueu-se com cautela, o guarda-chuva fechado, as meias de crochê e os chinelos de couro trançado. Ele saiu devagar sob a indecisão do poente. Tinha os olhos inertes. Um menino o vigiava sem interesse. Na espreguiçadeira, pondo o marcador no meio do volume, *A Montanha*

Mágica, de Mann, Antônio Carlos sentia no sangue o espírito de agosto. Conchal enervava-o. Aquela gente de agosto, amesquinhada por preocupações de trinta dias, conseguia envilecê-lo. Amelita. Amelita. "Nunca mais..." Os mais puros bebiam cerveja e tragavam fumo de corda, ouvindo moda de viola no rádio do Bar do Ponto, no Largo. Os outros purificavam-se na Casa da Lola. Amelita. Já duas semanas sem tocar o seu figo íntimo. Os tempos andavam duros.

– VI –

– Não. Tenha respeito pelo detergente.
– Só um pouco.
– Não. Pouco é véspera de muito.
– Um dia teremos oitenta anos.
– Esse dia está longe – ela o abraça por trás, entre eles o encosto da cadeira. – O que você tanto rabisca no caderno?
– Acho que consegui a forma definitiva. Posso ler?
Ela o abraça mais forte. Orso diz:
– Chama-se *Borges*.

Verlaine será lembrado também por seus versos perdidos.
Nenhuma rua é íntima sem meus passos.
Que espelho se atreve a fitar um cego?
Mereço a porta que se fechou por dentro.

Biblioteca. Livros abertos ou fechados
(mais importa a chave que um deles esconde).

No inverno seguinte farei oitenta anos.
A espera, não a morte, me corrompe.

Não foi apenas uma leitura. Foi a descoberta da voz intimista a que o poema consagrava a sua verdade. Tanto que a isso se seguiu o silêncio de Estela, como aplauso e comoção. Entretanto, lá fora, alguém inconstante ou desocupado, no meio da estática, sintonizava estações de rádio. Pardais no jardim, agitando as quaresmeiras. O som duma charrete e o estalo dum relho. Já na rua, e estacionando frente ao Bar do Ponto, o Buick dos Lunardi. O café e os negócios sempre esperam, atentos, expandindo o seu vapor. O velho Toste senta-se no banco de pedra, o guarda-chuva fechado e o terno preto, amassado e tosco, o vazio dos olhos traindo o vazio de sua existência, as meias de crochê e as sandálias de couro cru. Estela disse o que Antônio Carlos já sabia. Isto:
— Cada verso se fecha em si numa proposta isolada. São oito poemas, todos instigantes, *que espelho se atreve a fitar um cego?* Ou líricos, *nenhuma rua é íntima sem meus passos.* Ou tensos, *mereço a porta que se fechou por dentro.* Um poema que se compõe sobre miniaturas poéticas. Merece um beijo.
— Aqui ou na cama?
— Já arrumei a cama.
— Eu desarrumo.
— Só um beijo. E aqui na copa.
— Meu beijo se compõe de miniaturas de saliva.
— Conheço os seus talentos. Passe a limpo o poema.

– VII –

À noite, sem aviso, entrou Veiga Mariz com alguns exemplares de *A Gazeta*, ainda com o cheiro da gráfica. Foi direto à Estela. Cumprimentou-a numa curvatura metálica. Era magro, cerimonioso, de rosto comprido e remendos nos joelhos da calça. Como uma vez lhe tivessem observado que seus olhos eram *invasivos*, exercitava-os com frequência no que presumia ser uma *invasão*, encarando indistintamente uma pessoa, um cão, uma torta de maçã ou um piano de meia cauda.

Mesmo no seu quarto de solteiro, ao vestir o paletó cor de canela defronte do espelho trincado do guarda-roupa, ou ao correr o pente nas caspas grisalhas e empurrar o nó da gravata (de modo a esconder a falta do botão no colarinho), Francisco Xavier da Veiga Mariz enfrentava-se com intenções secretas, cheio de angústia e resistência, nos olhos pardos um brilho invasor.

– Boa noite, dona Estela. Aceite os meus respeitos.

– Aceito também o jornal, Veiga. Espero que o cheiro da graxa não me faça espirrar.

Interveio Antônio Carlos:

– O pior é quando o noticiário faz chorar.

Veiga não irá embora tão cedo. Ao lançar em torno de Antônio Carlos as centelhas dum olhar entre vigilante e magoado, parece citar Edgar Allan Poe a cada minuto. Trocam os vocábulos dum ressentimento que não chega ao rancor. Inocente dos humores que empolgavam aqueles justos, deriva Estela pela cordialidade.

– Hoje mesmo falamos muito de você e de seu último artigo. Antônio Carlos achou-o civilizado. Há coragem na sua neutralidade.

Gargalhou por dentro Antônio Carlos. A *dissertação política do diretor* era nebulosa e ambígua, como todas do Veiga, e esses atributos de estilo até que ficavam bem na sua prosa oitocentista. Quanto à Estela, não lera a *dissertação* e não sabia do que se tratava. Quem saberia?

– Então, gostaram?

– Então, gostamos – Orso indicou-lhe a poltrona de vime. – Exatamente hoje pela manhã, durante o café, eu e Estela tentamos uma análise de sua posição política.

– Sim? – interessou-se o jornalista. Apertou a mão de Antônio Carlos e sentou-se, virando a almofada para ajustar no forro o traseiro descarnado. – Minha posição política...

– Não me surpreende a sua estranheza – seguiu Orso, com atenciosa maldade. – Percebe-se que você jamais sentiu a necessidade de definir claramente as posições políticas e nunca pensou que tivesse uma.

– Não maltrate o diretor... – divertiu-se Estela.

Veiga Mariz acomodou-se na ponta do assento, com os joelhos unidos e as folhas de *A Gazeta* sob a axila. Tenso, hesitava em recostar-se. O calor de Conchal sempre faz pensar dilatadamente. Deus. Como pensar é arriscado. A inteligência militar descobre o descoberto antes da descoberta. Será que minhas palavras *pensam* em meu nome? Sozinhas? Longe de mim, conscientemente, batalhar pela volta da democracia. Mas, e se a farda, tão perigosa no seu garbo, quiser entrever no meu texto algum propósito obtuso? Uma subversão latente e suicida? Planos de estratégia soviética? Sem dúvida, os heróis convocariam a minha caveira para um interrogatório.

Grunhiu, ainda que rouco, Veiga Mariz:
— Uma análise de minha posição política...

Estela sabia que sem uma insinuação, o jornalista pouco perceberia do que se passasse em derredor, e com um leve impulso, sutil ou na ordem direta, compreenderia tudo duma vez, mas pela metade.

— Não deixe que ele zombe de você, Veiga.
— Mas, Estela. Quem está zombando? Sinceramente, eu acho que escrever crônicas políticas duas vezes por semana, conseguindo ser udenista dentro do Estatuto do Trabalhador Rural, e petebista segundo *O Poder das Ideias*, combatendo o oportunismo e pedindo a cassação do mandato de quem não se define, tudo isso num requintado coquetel de letras... Estela, já é ser sagaz.

— Céus, como os homens falam... Veiga, você que é tão respeitoso e fala menos do que escreve, e só escreve duas vezes por semana, prometa permanecer sempre assim e se preservar do feio vício de a cada momento expor-se em ideias, conceitos, princípios, enigmas, como um bolo fora do forno. Aviso que teremos hoje bolo de fubá e café preto. Prometa, Veiga. Não mude.

— E não leia nunca o dicionário... – acrescentou Orso.
— O sentido que você julga que as palavras têm dá à sua prosa um encanto impossível de avaliar.

Veiga Mariz tossiu, confuso. Dona Estela era uma senhora tão fina, tratava-o com simpatia, oferecia-lhe broa de fubá com café forte. E ele, Judas, beijando-lhe a xícara de porcelana verde, com a desvantagem de não cobrar a Antônio Carlos os trinta dinheiros da abjeção. O jornalista olhou as deformações na biqueira dos sapatos, tantas as esfoladuras do caminho. Controlou o arrependimento e o alvoroço. Havia uma velha figueira na Praça da Aleluia, onde terminava a Estrada da Redenção. Percebeu que Antônio Carlos ironizava e estava *mal satisfeito*, como se dizia no Bar do Ponto. Entretanto, a sólida resolução de negar-lhe a chave do quarto, bem como o rolo de papel sanitário, seria mantida. Não corria o risco de engasgar com café preto e farelos.

Veiga Mariz cravou no professor um olhar invasivo. "Então, não devo ler o dicionário..." Com a voz aflautada, mumificando o sorriso no canto da boca, disse:

– Entendo. Você me recrimina por não ter eu uma posição nítida, como se a resistência civil, de sobreaviso, exigisse isso. Você por acaso tem?

– Sou professor de ginásio e não tenho *A Gazeta* a meu dispor. Minhas crônicas não passam pela censura prévia. Se durante a aula eu pegar o giz e escrever na pedra: "Ninguém ignora que a participação de capitais estrangeiros pode acelerar o processo de desenvolvimento do país", direi em seguida que no período há uma oração substantiva. Nada mais. Depois, se eu escrever: "Com a lei de remessa de lucros, o que se pretende é que o Brasil abra mão do seu desenvolvimento e o transfira a grupos internacionais", explicarei aos alunos que na última oração há um sujeito oculto. Nada mais.

O jornalista viu diminuir a tensão ante o cheiro do café. Recostou-se na poltrona de vime.

53

— Muito cômodo.
— A que você se refere? À cadeira ou ao que eu disse?
— A ambas as coisas.
— Logo você – insistiu Antônio Carlos – que tem um jornal e não se utiliza dele, vem-me dizer isso?

Veiga Mariz, inquieto, abriu o jogo.

— Vamos mudar de assunto. A cadeia anda abarrotada de gente que pensa.

Prisões. O professor não desconhecia esse pormenor da recondução cívica da pátria ao altar da democracia. Tortura. Mas para Antônio Carlos, no momento, nada interessava: nem mesmo o grau de coerência entre as suas opiniões e a conduta que resolvesse assumir na vida. "No meu quarto nunca mais..." Orso não podia aceitar sem irritação que um parvo periodista de Conchal se antecipasse a ele no esforço de recuperação, depois de se terem perdido na vala comum de Amelita, um fisicamente, outro logisticamente, cúmplices dum ridículo atroz.

Naquela madrugada de cerveja e cigarro, ouvira o jornalista a confidência e respondera com a chave do quarto, igualando-se a Antônio Carlos por este ter descido os degraus falsos duma amizade posta à prova. A mulher do soldado foi um banho de ácido no caráter dos três, e se para Amelita o empenho era visceral, Veiga e Orso ainda podiam recompor o que se desviara. "Nunca mais..." O jornalista fora o primeiro a dar as costas a esse teatro de variedades que não variam desde o começo do mundo. Francisco Xavier da Veiga Mariz tomara a iniciativa por medo, porém, aí o medo revelava o homem restabelecido e sensato que o sentia.

O professor sempre desprezou o jornalista, seu texto, seu *periódico*, sua Conchal. A amizade que se desentranhava de Veiga Mariz para Antônio Carlos, alcançando-o, jamais passou, na volta, de mera tolerância do poeta. Com o episódio de Amelita, cercado de aparatos grotescos, a tolerância descera ao compromisso duma convivência fria. Hanns Schultz matara os adúlteros, Losso aleijara o seminarista, o cabo Clóvis ganhara um campeonato de tiro, e alguma coisa desmoronou entre Veiga Mariz e Antônio Carlos. Os dois amigos tomaram distância um do outro, reconheceram-se num longo minuto, percebendo Veiga que o professor nada significava além duma amizade estéril. E Antônio Carlos, ainda se espojando na cama, em busca do pêssego perdido, viu-se ao espelho e no transe dum corpo alheio, engolfado na onda de agosto. Tudo o que pudesse ter reunido no seu ser, como valor e atributo, estava jogando perigosamente pela janela do escândalo, com o apoio dum palerma de Conchal.

Necessário livrar-se de Veiga Mariz. Por isso Orso o humilhava, encontrando algum incentivo no ágil desinteresse de Estela. Selecionava problemas, complicava-os, sofismava sardonicamente, queria saber a opinião do jornalista. "Diabo, tudo isso por causa da chave?"

A conversa ia atravessando três broas e duas xícaras de café, num curso de intrigas e assuntos tóxicos. Defendia-se Veiga Mariz, aturdido, fazendo os dedos tamborilar na tinta de *A Gazeta*, as folhas agitando-se sobre os joelhos pontudos. Estela admitiu:

– Falta um pouco de açúcar.

Quando o tema da intervenção militar na Prefeitura de Conchal se associava aos casos de Josefina Laura Viegas, ninfômana e benemérita dos congregados marianos, Estela preencheu a pausa do cigarro alheio com um desabafo.

– Às vezes eu penso que Antônio Carlos poderia ser nomeado interventor municipal. Seria cinematográfico ver o meu marido na prefeitura, subindo e descendo a escadaria de mármore do prédio novo. Ou falando na campanha do ouro para o Brasil, ao lado do juiz, do promotor, do vigário, dum general de São Paulo, arrancando todos os suspiros da Josefina Laura Viegas e aumentando as manchas roxas no rosto da Ana Cândida, não aquelas que devem sair com soda cáustica.

– Que é isso, Estela? Mais açúcar.

– Então? Como desconhecer por muito tempo a gula da Josefina e o cio recurvo da Ana Cândida?

Estela serviu-se de café. Veiga Mariz refugiou-se no silêncio: deu uns puxões nervosos na aba do paletó cor de canela. "Cio recurvo..." Isso estava perfeito como legenda do áspero retrato de Ana Cândida, corcunda e viúva à espreita. Nesse jardim de espinhos irônicos, fatalmente, a conversa logo iria ao encontro de Amelita.

– Deveria ser pouca a minha demora. Vim só para trazer o jornal de amanhã. Desta vez a tipografia andou depressa.

– Sim? Mas ainda é cedo... – anotou Antônio Carlos. Correu os olhos pela folha que o diretor estendera numa afoita gentileza.

— Eu costumo atrasar — admitiu Veiga Mariz. — Este número ficou pronto antes do prazo — ele deixou o maço de folhas ao alcance da senhora. Mantendo a distância, já que os borrões de tinta a aborreciam, Estela disse:
— A graxa ainda não secou... A *Gazeta* de domingo só veio ontem. Esse atraso me coloca em enorme desvantagem perante minhas amigas, que ficam sabendo o aniversário de outras amigas antes de mim...
O jornalista empinou o rosto, ergueu-se.
— Vou ver isso.
E Antônio Carlos à Estela:
— Não seja fútil... Pense na grandeza do jornalismo que Veiga faz no interior. Os jornais de São Paulo chegam a Conchal com três dias de atraso, às vezes com arrojos de quarenta anos atrás, ou ideias medievais. Já o Veiga entrega na quarta-feira o jornal de quinta. Não é fabuloso? Pense ainda na circunstância de que nenhum redator de São Paulo tem o estilo quinhentista do nosso Francisco Xavier da Veiga Mariz.
O jornalista esforçou-se por sorrir. Vagaroso, mas acentuando em seus atos um trêmulo e obstinado vigor, dobrou as folhas de *A Gazeta* num maço, apertou-a contra o peito e despediu-se.
Conchal repousava na calma noite de agosto. O banco da praça, sem o velho de roupa preta, resistia ao golpe da luz frouxa e amarela que pendia do poste.
Veiga Mariz desapareceu na esquina deserta. Orso passou a corrente do cadeado no portão.

– VIII –

Apagado o incêndio, após o embate de dois ônibus na Marechal Rondon, dezoito mortos foram enfileirados no acostamento. No chão pedregoso, entre estilhaços que ainda fumegavam, estendia-se Estela Santini Cremonesi, os cabelos castanhos no asfalto, muito sangue na blusa xadrez.

Uma semana depois, com um cônego entre eles, e coroinhas paramentados, a família afastou-se do túmulo em Santana Velha, devagar e sob o peso da incompreensão. Em silêncio, acompanhando a aragem e o perfil das lápides, uma garoa de fevereiro esvoaçava pela tarde. Orso ficou só. Muito seco por dentro, e lento no gesto, ajoelhou-se. Antiga e severa, latejando em cada palavra, uma oração cresceu no fundo de seu corpo: "Diferentemente do que pretendem as vítimas da crença, Deus não passa dum cavalo cego, de ancas e patas brutais, selvagem e inconsequente, incapaz de conter os cascos e o coice..."

Amadeu Javorski

– I –

O mais estranho era que ele não se assemelhava a um rato. Parecia-se com uma ninhada de ratos ao mesmo tempo. Muitos se perguntavam como isso era possível. Alguma coisa pode ser visível e escondida a um só tempo? De repente ele tremia como se levasse um choque (eram acessos de nervo que ele sempre acabava por controlar). Ao esforço sobrevinha a fadiga. Depois o alheamento. Agora um rato único. Chamava-se Amadeu. Depois desse nome, seguia-se outro, polonês, de sonoridade brusca e insólita, Javorski. Um maestro bêbado comentou, Javorski, um belo nome, lembra o estalo da corda dum violoncelo, arrebentando. O músico orgulhava-se das caspas e do cachimbo. Tomou serenamente o quinto chope na escadaria do Teatro Municipal de São Paulo.

E Stravinsky, maestro? E Tchaikovsky? Mas a essa altura, o maestro regia o sétimo chope.

Ninguém suspeitaria o meticuloso asseio daquele homem, Amadeu Javorski, quase um pigmeu. Surpreendente que não cheirasse mal com o seu aspecto surrado, as orelhas grandes e em ângulo reto, os cabelos fiéis ao suor e ao crânio amarelo, as têmporas fundas.

Os olhos eram miúdos. Inquietos na umidade verde, comprimiam-se contra o nariz que fugia para a frente do rosto. Na testa, uma veia grossa e azul latejava. Lábios trêmulos, finos, apertados. Logo em cima dos sapatos de ponta redonda começava o terno cinza, ralo nas ombreiras e com remendos nos joelhos. Entretanto, estava correto o vinco da calça, como de costume, e a gravata acetinada, vermelha, combinava com as meias.

Assim era Amadeu Javorski, com ou sem o estalo da corda. Fechou a porta do quarto atrás de si e pôs a chave no bolso do paletó. Entrou no corredor, olhando para todos os lados. Furtivamente, esfregou as mãos uma contra a outra. Um cheiro de repolho contaminava o corredor. O que esperar duma pensão com duas privadas e um banheiro?

Tinha chovido à noite. Os ladrilhos do piso, antes da cozinha, soltavam-se em vários pontos, represando lama, cascas, pedaços de fruta, tiras de jornal. A fumaça disfarçava nos ares a presença do sebo derretido. Amadeu andava com cuidado, espantou as moscas, evitou encostar-se à parede e ao sulco das goteiras.

No fim do corredor, apenas encostada a porta da cozinha, jaziam duas baratas justiçadas a chinelo. Dona Maria das Dores arrastava os chinelos. Fez cair uma pitada de sal no caldo gorduroso, o rosto também um caldo gorduroso, voltado para Amadeu. Ela pensava em Antônio, o marido. Disso tinha certeza Amadeu, porque os olhos dela mostravam um ódio refinado e terminante.

Antônio sofria de alucinações noturnas, e de manhã até a tarde colava-se na espreguiçadeira da sala de jantar, refazendo-se de minuto a minuto a goles de clarete, a boca sempre manchada e aberta, a voz profunda e a barba duma quinzena. Quando se animava, não estando a mulher por perto, ou de vigia, erguia-se da lona e ali deixava a *Gazeta Esportiva*, vindo gesticular diante dos hóspedes. Era capaz de discursos e explicações, com pormenores e pigarros. Falava nos filhos casados, no imposto de renda, nos aluguéis e no valor da terra no sul do Mato Grosso. E se Maria das Dores quisesse, aquela casa arruinada da Vila Clementino, isto aqui, esta pensão ordinária da Rua Capitão Macedo se transformaria num hotel de luxo. Por que não? Bastava ter vontade. Apenas vontade. Afundava-se na lona da espreguiçadeira.

As formigas carregavam as duas baratas justiçadas e dona Maria das Dores não ouviu o cumprimento de Amadeu, soprado de leve, quase uma insinuação.

O almoço? Não. Hoje não almoçaria na pensão. Iria a Santo André, a serviço do chefe da seção. Comeria alguma coisa no centro, antes do tomar o subúrbio. Meu Deus. A velha se lastimava da vida porque sobraria a carne moída de ontem, camuflada no pirão de batata. Amadeu saiu, esquivo, agora parecido com dois ratos cor de chumbo, que esfregavam as patas e enfiavam nas casas os três botões do paletó. Vai chover? Correu para o ponto do bonde.

Década de sessenta. Nesse tempo existia, além do bonde, a segunda pessoa do plural. O bonde se deslocava ruidosamente para a Praça João Mendes. Dentro, as tabuletas propagavam com elegância clássica: "Sois noivos? Quereis a felicidade? Viva a vida! Viva com a ação deste creme dental que contém flúor..." Apesar da ferragem que se sacudia sobre os trilhos, um torpor apoderou-se de Amadeu. Ele fechou os olhos e recostou-se no banco de madeira. O irmão Lourenço era professor de química no Arquidiocesano e exigia de Amadeu o peso atômico do flúor. O vigilante sussurrava com a sua boca fétida: "Vamos, rato sujo... Vamos logo, o peso atômico do flúor..." A mulher gorda, de vestido ramado e casaco de lã, entrou penosamente no bonde, puxando uma sacola de fibra com verduras. O repolho ia caindo no colo dum negro que a encarou num olhar dúbio.

O bonde rangia. Sois noivos? Amadeu desviou os olhos do cartaz onde havia um noivo, uma noiva, outros contornos de atroz vulgaridade, e a indicação duma joalheria de São Paulo, Sé, em cuja vitrina o acaso estaria exibindo num sorriso de balconista as alianças de ouro e a felicidade de flúor. Quereis? Os irmãos maristas consideravam Amadeu com exausta piedade, como se medissem a sua insignificância e o seu medo mórbido, seus tremores, seus espasmos. Claro que através daquele aborto da natureza, tortuoso e triste, demônios tentavam matricular-se no Colégio Arquidiocesano. Na capa dos cadernos de classe vinha escrito "Deus me vê."

Deus me vê. Deus me vê. Inscrição pavorosa que o mortificava. O que fazer com o pau que crescia sozinho entre as coxas? Onde quer que estivesse, sob a ducha ou na capela, ali também descia a gota cáustica e enorme do olho de Deus, tudo vendo. "Que faremos de você, meu filho?" – dissera um irmão marista. Flúor. Faremos de você flúor.

Que fizeram de Amadeu corda de rabecão que se partisse? Esfregava as mãos mais depressa, úmidas, e sentia no peito uma opressão dolorosa quando pisava na calçada da Rua Domingos de Morais, onde se erguia o casarão do Colégio, lúgubre, construído pelas madrugadas nevoentas de sua vigília e de seus pesadelos. Amadeu tossia quando chorava.

A década de sessenta. Nesse tempo existiam, além das ancas de Elvis, pronomes oblíquos e a segunda pessoa do singular. Lia-se nas esquinas: "Larga-me... Deixa-me gritar... O xarope São João é o melhor contra a tosse..." Na propaganda, quem protestava era um homem em pânico, tentando livrar-se da mordaça de que taciturno sargento?

A vida tem carrascos e porões. O que fizeram de Amadeu... Não demoliram o edifício de seu medo: longe disso, reforçaram o alicerce e acabaram por identificá-lo num caráter, dando-lhe a moldura e o rótulo da segurança mesquinha e do pasmo barato. Amadeu era desses funcionários públicos a quem a mediocridade conforta e define um destino. Agora ele se dirigia à Coletoria Estadual de Santo André da Borda do Campo, perto da igreja do Carmo, e sabia com nitidez o que haveria de desenrolar-se dali por diante: receber o cheque de trezentos mil cruzeiros, descontá-lo num Banco, voltar com o dinheiro para São Paulo e entregá-lo reservadamente a Beto Costa, o chefe da seção, que contaria as notas ensalivando o indicador e o polegar. Beto Costa era um pequeno canalha. Utilizando os documentos dum irmão desaparecido em 1957, inscreveu-se num curso sobre fiscalização de obras públicas e conseguiu o emprego. Fiscalizava com rigor e vendia os laudos a dinheiro ou em cheques de valor não escandaloso. Beto Costa sonhava ser reconhecido no futuro como um grande canalha. No momento, removia saliva da língua para o indicador e o polegar.

Depois Amadeu refugiava-se na seção do protocolo até quando o relógio do Mosteiro de São Bento dissesse as seis horas de bronze. Era chegado o momento de correr como os porcos possuídos por mil demônios, da Bíblia, e atirar-se num bonde para o Paraíso. Meu Deus. Para o Paraíso... E de lá para a Vila Clementino. Afinal, despencar como um afluente lasso nos precipícios do sono, após um jantar silencioso.

À noite, na pensão, quem cuidava do lanche e da sopa era a Rita, uma branca de cabelo pixaim que conversava com Santa Teresinha do Menino Jesus e cultivava perfume de rosas no travesseiro.

– II –

O negro saltou com agilidade. A mulher gorda do repolho na sacola de fibra não estava mais no bonde. Amadeu, enquanto o semáforo iluminava a calota vermelha, desceu do estribo, os freios raspando na ferragem oculta. Pelo ar circulava um cheiro de oficina mecânica. Trocou o cheque de trezentos mil cruzeiros por três maços com notas de cem. Afrouxando o elástico alaranjado, recontou o dinheiro, devagar, e distribuiu os pequenos pacotes pelos três esconderijos da roupa: os bolsos internos do paletó e o bolso traseiro da calça. Melhor do que carregar uma pasta e perdê-la para o acaso. Alguém ainda contesta que o acaso é o pior dos ladrões? Saiu do guichê sem olhar para os lados.

Amadeu chegou a sorrir de sua esperteza elementar, e também com melancolia, porque o trinômio do segundo grau que o reprovara nunca lhe fizera falta na vida: e também com perversa alegria, por não estar na pele do cego que vendia bilhetes de loteria na Rua São Bento, ou nos ossos deformados do anão que mendigava no Viaduto do Chá, amarrado com duas cintas de couro a uma cadeira de rodas, soprando através dum canudo uma chuva irisada de bolhas.

De repente, na Estação de Santo André da Borda do Campo, ao redor da tarde crua onde se moviam sombras e um velho – atarefado com o seu carrinho – fazia girar na máquina fiapos de algodão-doce, Amadeu viu o outro negro, não o do bonde, outro negro, este de tênis e jornal sob o braço. No fundo as buzinas, alguma coisa perturbou Amadeu. Um calafrio. Baixou os olhos e começou a tremer.

Claro que era um absurdo e Amadeu sabia disso. No entanto, tremia. Seria suor, ou moscas por dentro do colarinho? O dinheiro inchava no seu corpo e parecia explodir dos três bolsos. Na testa, a veia grossa e azul deixava correr uma eletricidade tensa. Paralisou-se no lugar onde se achava, pisando uma rachadura do cimento, antes do poste, sem nada na memória. Alguém o empurrou para frente. Era preciso andar.

Os passageiros iam entrando no trem, que parava pouco em Santo André e em todas as Estações até a Luz. O outro negro se deslocava lentamente, seguro de seus passos, como se tivesse molas no solado dos tênis. Vestia uma calça mescla e uma camiseta de meia. Nada no outro negro ocultava a musculatura arrogante e o faro de caçador. Tinha um boné de couro, esfolado e insolente. Apesar da multidão, do atropelo, do barulho, ele viu Amadeu. Viu e envolveu-o num olhar morno. Tolo e inútil disfarce. Amadeu teve certeza de que seria assaltado pelo outro negro. Esgueirou-se para dentro do trem no momento em que as duas folhas de aço, da porta, se encontravam num soco automático, fechando-se. O vozerio e um som de esguicho pareceram esgotar-se na plataforma.

Ia ser assaltado. Observando que não havia lugar vago e que o outro negro se aproximava por trás com as espáduas ondulantes, sentiu uma garra no estômago. Lembrou que não tinha comido nada. Seria mais uma vítima dessa humilhação que a convivência impõe: o roubo. Talvez o outro negro o matasse (isso passava nitidamente pelo seu crânio amarelo). *Última Hora* ou o *Diário da Noite* estamparia a ampliação de seu único retrato, o da carteira de identidade, a boca torcida e o olho meio fechado, ilustrando mais um drama de São Paulo. No mesmo dia, ou mais tardar no seguinte, a página da tragédia embrulharia alcatra ou miúdos de porco nos açougues. "Que faremos de você, meu filho?" Amadeu não sabia quem dissera isso: se o irmão marista, o negro do bonde, o outro negro ou os rangidos do caminho. Seria assassinado à faca e de seu corpo verteria dinheiro (o verdadeiro sangue).

A mulher da rosa no peito, muito pálida e de blusa negra, que por sorte encontrara um lugar, mexeu na bolsa e sacou do fundo o espelhinho. Examinou a idade de seu rosto. Tinha pintas marrons nos braços, no dorso das mãos, mas entre os dedos um batom bordô. Morrer era uma novidade, pensou Amadeu com resignação e insensatez, uma desgraça para quem morria e um incômodo para quem enterrava. Agarrou-se ao pegador cromado. Suava, os dentes pareciam soltos na boca seca.

Num grito de ferro e graxa o trem saiu da Estação de São Caetano do Sul, onde ficara a mulher da rosa no peito.

Gritar. Por que não gritar? Poderia gritar e alguém o socorreria. Os guardas seriam convocados pela curiosidade e viriam com rapidez: seu sangue não jorraria estupidamente no vagão, de cambulhada com o dinheiro de Beto Costa e a feroz desconfiança daquela gente de subúrbio que se amontoava no trem, combinando cheiros junto ao fardo de seu cansaço e de sua submissão aparente.

Foi quando sentiu o choque duma descarga em todo o corpo. Compreendeu que o medo embalsamava o grito na origem. O outro negro resvalara com suavidade em Amadeu, ondulando as espáduas e fingindo ler o jornal. Entre as mãos do punguista, o noticiário farfalhava, só agora notava-lhe Amadeu os óculos de aro de aço. O ladrão era habilidoso.

– III –

"É agora..." – ele pensou e estremeceu. O outro negro empurrou-o de leve com o torso e virou-se, meio de lado, encostando-se ao volume do bolso traseiro, sob o paletó. Amadeu arrepiava-se com o hálito e o ritmo da respiração no alto da nuca e do crânio amarelo. Um padre, sentado, olhava para o alto, antes do céu agitava-se o teto do trem. Meio gordo, meio velho, ainda acreditaria em milagres? Olhos espertos, respingos de vela na batina, desleixo nas meias e nos sapatos sem brilho, seria ainda íntimo da fé? O outro negro guardou num estojo os óculos de aro de aço. Amadeu observou como o ladrão era cauteloso e calmo. Não só o bolso da calça, também os do forro do paletó, arfavam, e o dinheiro latejava como tumor. Era agora. Não era agora. Como demorava a maldita abordagem. O trem corria na direção da Mooca.

Amadeu, embora tenso e atento, foi mergulhando no desânimo e no começo da letargia. Desejou que o outro negro agisse logo. Afinal, quanto demorava um furto, um roubo, um assassinato no trem? O torso do negro continuava meio colado às costas e ao ombro de Amadeu, numa proximidade que o movimento do trem tornava trepidante.

E se o outro negro tivesse medo? Amadeu voltou-se com timidez e viu que os olhos do ladrão vergavam para baixo, ao peso dum cansaço opaco. Amarfanhava o jornal e utilizava o mesmo pegador de Amadeu, segurando pouco mais acima. Fingimento. Era agora. O cansaço, a espera, a pressão dos dedos no jornal, tudo aquilo se integrava a um jogo de simetria calculada.

Amadeu se impacientava (o padre saltou na Mooca). O dinheiro não lhe pertencia. Pouco se importava com o seu destino. Qual a diferença entre um ladrão e outro? E a vida, caso o assaltante pretendesse levá-la a golpes de faca, também não lhe pertencia. Amadeu sabia, sem que isso lhe causasse nojo ou pena, tão calejado estava nele o fato de saber, que para certas pessoas a vida não é alguma coisa que se tenha, mas alguma coisa que os outros tomam continuadamente em todos os momentos da existência, pedaço por pedaço, suor por suor, até o mortal renascimento para o nada. Pela janela, viu o padre de relance num quiosque de garapa.

O trem se aproximava da Luz. Meu Deus. O retrato da boca torcida e do olho meio fechado não sairia no jornal... "Vamos, rato sujo..." A escada de mármore encardido. Sim, a escada antes da borboleta, onde se recolhiam as passagens. Ali, ele, Amadeu Javorski, seria furtado pelo outro negro, não sem luta, resistiria, e pronto para o sacrifício defenderia os lucros clandestinos de Beto Costa, com o heroísmo instantâneo dos anônimos, vendo o seu sangue espalhar-se na roupa e nos degraus onde a fuligem urbana o recebia como uma sujeira a mais.

Apressados, os passageiros abandonavam os vagões sem imaginar a existência de Amadeu Javorski e a grandeza de sua morte. Não a morte picotada pelos chefes do trem ao longo da viagem, mas o desparecimento repentino, o nada súbito, fora dos mandamentos da cristandade e da visão marxista. A morte compensadora e suave, desde que afiado o gume da faca, sem profissão de fé e sem lógica. Não morrer de exaustão ou sufocamento, triturado pouco a pouco pela roda dentada do acaso. Os homens subiam a escada, indiferentes. Entre eles, Amadeu agitava-se ao lado ou atrás do outro negro, tentando acompanhá-lo. "Vamos..."

O outro negro empurrou com a cintura as travas da borboleta e distanciou-se no seu passo de molas azeitadas. Mas o que é isso? Era necessário cortejar o perigo: gritar na beirada do abismo para provocar-lhe o eco. Estou aqui, ladrão, me assalte, me mate, arranque o dinheiro de minhas veias, use a faca, mas o vozerio ao redor o atormentava, a voz mantinha-se embalsamada na origem, ele não queria perder a oportunidade da morte, que talvez nunca mais voltasse para redimir toda uma vida de desespero, frustração e mesquinhez. "Vamos, rato imundo..."

Amadeu Javorski perseguiu o assaltante, correndo pelos ladrilhos da Estação, tropeçando nos sapatos de ponta redonda e quase perdendo o equilíbrio ao abordá-lo por trás. O ladrão virou-se e mediu-o de alto a baixo, sem surpresa, porém com desprezo.

– IV –

Longe e angustiante, um apito de trem. Desprezo. Sim. O desprezo que Amadeu Javorski sempre percebera desde menino, de várias formas, ou ângulos, nos gestos ou nos olhares que o tornavam miserável, até frente ao confessionário do Arquidiocesano, onde inventava pecados e culpas só para se arrepender diante do confessor. O desprezo. Às vezes oculto na cortesia, no enfado, na caridade, no afago, até na absolvição: "Três ave-marias e um padre-nosso..." Sempre o desprezo. Impossível deixar de reconhecê-lo no rosto do outro negro.

Então? Foi como se recuperasse a realidade por força duma chicotada familiar. Amadeu pediu-lhe um cigarro, crispou a face num sorriso de dentes apertados. O assaltante disse que não fumava e foi embora.

Viu-o afastar-se. Ficou só. Esfregou as mãos uma contra a outra. Ainda bem, livrara-se do punguista, ou de coisa pior, céus, poderia ter morrido. Os olhos verdes escorregavam em derredor. Era São Paulo. Sentiu fome. Podia ter morrido.

Tarde da noite, na pensão, engoliu a sopa de couve. Rita, a branca de cabelo pixaim, já se recolhera ao quarto com Santa Teresinha do Menino Jesus e três botões de rosas num copo com água. Dona Maria das Dores colocara os óculos e bordava uma colcha. Antônio, sonolento e de pijama, com o rosto ardendo de clarete, endireitava-se na espreguiçadeira e procurava enxergar os pés de unhas acavaladas. Um pé era maior que o outro?

Em silêncio, dona Maria das Dores acomodou os novelos e os carretéis numa cesta de vime. Cansadamente, as mãos massageando os quadris, foi para a cozinha. A pensão ficava triste nos meses de férias.

Amadeu pisou numa lajota quebrada do refeitório e sentiu um lodo esborrifar-se nas meias. Entrou no quarto, acendeu a luz, despiu-se e lavou as meias na pia.

Depois caminhou para a cama de ferro. Sentou-se. Cobriu o rosto com as mãos.

A Última Viagem do Escriturário Matias

– I –

Zuleica já falava sozinha e não tinha mais o pudor de encobrir no xale a pele amarelada do pescoço. Escancarava a porta do banheiro quando usava o vaso. Uma noite, a chuva se debatendo nos telhados e nas árvores do quintal, ela rasgou todas as fotografias do álbum.

– Não quero ver ninguém... – e atirou pela janela o terço de madrepérola. Entretanto, Deus é testemunha, praticou esse pecado só depois de balbuciar em cada conta – junto aos lábios – uma oração arrependida. Em Zuleica o pecado vinha depois da contrição.

Agora esquecia a dentadura no copo e não puxava as meias até as coxas. De repente, na poltrona do alpendre, o forro de fustão, assustou-se com o gato da família e gritou por socorro. Chorou alto de madrugada, já não lembra o pesadelo. Na sala, o gesto grisalho das ausências e o olhar hesitante, ela conversava com o espelho da chapeleira e não se reconhecia. Embaixo de que mesa se escondera o chinelo esquerdo?

Não só por isso, e não era pouco, Matias decidiu abandoná-la. Não é o que se faz com o cavalo que fratura o quarto traseiro? Ou a patela? É verdade que ao cavalo mata-se com um tiro de Taurus ou Winchester. Quanto a Zuleica, os costumes não impunham nenhum ato extremo de misericórdia, até o condenavam (a hipocrisia e as demais virtudes fluem da mesma fonte). Matias ia só abandoná-la. Maduramente e sem pressa. O tempo se encarregaria da misericórdia.

Zuleica, o rosto seco e magro, espalhou os grampos do cabelo no colo onde o menino sem mãe tornara-se Matias, lentamente Matias, da chupeta aos contos de Grimm, do jovem com o pavor do desamparo ao calmo escriturário Matias da Prefeitura de Conchal, não mais do Orfanato Ângelo Gorga, agora atento e sobrevivente como um filhote de rato. Águas e Esgotos. Matias era o primeiro datilógrafo desse departamento.

Viúva e sem dar-se com os parentes do falecido, Zuleica livrara o menino dos azares de sua origem, sozinha, sem o interesse da piedade transeunte. Não teve filhos. A falsa maternidade a distraiu dos diversos vazios que a existência embalava e impunha com rótulos. Aposentou-se como chefe de secretaria no Voss Sodré.

Estavam na sala. Matias de pé, as mãos para trás. A velha, um pouco surda e quase cega, sorria com esforço entre os travesseiros da cadeira austríaca. Ela penteava os cabelos, fazendo o pente de osso deslizar sobre os longos fios grisalhos, repartidos lado a lado, para depois torcê-los em duas tranças e enrodilhá-las na nuca. Ninguém tocava em seus cabelos, muito menos a tonta da Maria Isabel, que vinha três vezes por semana e ganhava por dia, para ferver a roupa branca em latas, no quintal, e passá-la a ferro, enquanto cantava hinos da igreja e espantava o gato.

Velhos tempos. Sabão de cinza. Latas fumegantes. Uma folha de zinco em cima de caixotes, ondulada e cantante sob a chuva, era o coradouro. Se o domingo era uma fatalidade para os frangos, eles não deixavam de ciscar e perseguir as frangas durante a semana. Iriam para o inferno?

Foi breve o olhar de Matias. Baixou o interruptor e acendeu a lâmpada. Através da vidraça, o crepúsculo apossava-se de Conchal. Pareceu mais ruidosa a respiração de Zuleica. Porém, como era necessário que tudo se fizesse, Matias ia abandoná-la. Passou da sala ao corredor e fechou-se no quarto. A luz vinha da rua.

A mala sanfonada jazia sobre a cama, fortemente estreitada em dois cinturões de couro com fivelas de metal. Miudezas e peças íntimas iriam na pasta. Matias suspendeu a capa de gabardine e verificou as costuras do forro e o peso. Não havia o perigo de nenhum maço de notas escapulir, todos arrumados em tiras de jornal, barbante e fita adesiva.

Bem. Sentou-se na cadeira, de costas para a janela com duas vidraças de guilhotina. Levaria a Bíblia de fundo falso? Cruzou os braços e ergueu-se, estremecendo de repente. Frio. Pelo espelho do guarda-roupa via a cama arrumada, o cobertor de baeta aos pés. Via também sobre a escrivaninha o retrato de Teresa. Levaria a Bíblia e o pijama (disfarces duma vida recatada e devota). Escreveria depois para Teresa (ela compreenderia, ou não, e isso não importava).

Aproximou-se do espelho, aborrecendo-se com o vulto deselegante que ali surgia como quem pede licença, reles, a palidez dos escorraçados, a aparência subalterna e indistinta. Apesar do dinheiro que logo blindaria o seu corpo, não deixaria tão cedo de ser o escriturário de terno barato. E com medo. Escreveria uma carta para Teresa. Explicaria tudo. Frio. Tão raro o frio em Conchal. Teresa entenderia.

– II –

Velhos tempos. Todas as noites fazia-se o *footing* no Largo da Matriz. Também aos domingos na Feira da Praça Gorga, à tarde, no calçadão de pedras portuguesas e toldos de lona amarela. Ao sol, e ao calor, os quiosques pareciam ter luz própria e arder. Os rapazes parados, em grupos, e as mulheres se movendo, tangenciando o abafamento e o futuro.

Reparou em Teresa numa tarde. Ou numa noite?

Todos reparavam no quiosque de Nina Sarno. Ali a esperança formava fila. Então, fechando os olhos, Nina Sarno interrompeu as consultas e os passes para descanso do Preto Velho. Era relaxada e gorda. Ainda que um pouco suja, não fedia. Quem fedia era a entidade, que esparramava o suor de seus milagres pelo mundo. Nina, cartomante, vidente e cavalo dum espírito roufenho, não fumava. Quem fumava, expelindo um catarro divino, era o Preto Velho: cigarros de palha com fumo de corda. A mulher pisava em sandálias de couro cru e vestia-se de meio luto. Também não bebia, porém, a entidade viciara-se em cachaça com uva passa. Isso tinha o nome de passarela.

Consciente ou não, Nina Sarno, ou Mãe Nininha, cultivava o seu transe, um ar de loucura e mistério, os cabelos irados, tremores nos ombros e nas ancas, não raro revelava o inferno de suas coxas peludas.

Somos ingratos e de memória pífia. Não sabemos quem foi Baruch Youssef Safady. Desconhecemos a história de seus experimentos na alquimia urbana. Entretanto, na década de sessenta, ali mesmo na Feira da Praça Gorga, sob a sombra dum jasmim-manga, Baruch acrescentou torresmo no preparo da pipoca e o êxito foi instantâneo. Não só a esperança, também a gula agora fazia fila. Giboso e ossudo, de poucas palavras, Baruch Youssef Safady não enriqueceu, mas fiel ao carrinho e ao avental branco, sempre imaculado, educou cinco filhos para o horizonte da pipoca e de Conchal.

De olhos fechados, Nina Sarno sentiu muito próximo o cheiro da pipoca. Baruch lhe oferecia um saquinho. Mãe Nininha não mastigava aquilo, o Preto Velho sim. Entreabriu os olhos e pegou suavemente no pulso de Baruch. Apagada e rouca, a voz chegava de muito longe:

– Dentro de meio século, Baruch, você não será nada, nem mesmo um pipoqueiro.

– Eu sei disso, minha mãe.

– Mas nunca se desespere. Deus reservou a você um futuro.

— Muita bondade, minha mãe.

— Sua semente, Baruch, que jamais escorreu por vias inférteis, vai gerar, e oferecer para a história dentro de meio século, nada menos que um Messias.

— Como isso será possível, senhora?

— Deus abençoa a pipoca com torresmo.

— Assim seja. Um Messias na minha família?

— Por que o espanto, homem de pouca fé? Seu primo não é carpinteiro?

— Em segundo grau, minha mãe.

— Baruch, não há graus para Deus.

Nina Sarno, mascando pipoca e sílabas, sem soltar o pulso do pipoqueiro, recitou a parábola dum Messias adiposo e de olhos verdes, com cheiro de gasolina e cerveja. O esperado, apesar de seu espírito de frentista, acanhado e ligeiro, lidava com moedas estrangeiras e contratos simulados. Viajava de avião dum Banco para outro, nada significando o oceano de permeio. As estações eram contas secretas. Seus clientes eram os ladrões e os cafajestes gentis da política e das empresas.

— Senhora... — disse Baruch. — Não entendo...

— Esse homem, que ainda está para nascer, é seu neto, meu caro Baruch. Agradeça a Deus pela glória dessa dádiva em sua existência tacanha.

— Assim seja...

Mãe Nininha comprimiu nos dentes o toco de cigarro frio. Baruch acendeu-o com o fósforo na mão em concha. Uma tragada longa, um suspiro, um cheiro de vômito alcoólico, e Preto Velho louvou o Messias:

– Um patriota, o seu neto. A ele e a seus discípulos o país passou a dever o reconhecimento de que sem o crime a sociedade dos homens não progride. Como extrair do trabalho alheio os recursos do luxo e da vida moderna sem o trânsito das gorjetas? Elas atingiram a casa dos bilhões. Envolveram presidentes da República e quadrilhas partidárias. Assim, Baruch, um delito de nome inocente, corrupção, transferiu-se do código penal para a economia, e passou a ser visto como fenômeno político. Graças a uma de suas fodas, Baruch.

– Não entendo... Não entendo...

– Ninguém exige entendimento dum pipoqueiro, meu querido Baruch – engrolou Mãe Nininha. – Jamais troque o estalo dos grãos pelo estalo de Vieira.

Não era mesmo para compreender, perturbava-se Baruch. O que um motorista, dono duma frota de caminhões, Cicinho Vieira, bronco e gago, teria em comum com o Messias da família? Nina Sarno não palitava os dentes. O Preto Velho sim. Os séculos de mediunidade não lhe afetaram as gengivas e as presas espirituais. Mãe Nininha ajustou o toco de cigarro por detrás da orelha e serviu-se bravamente dum palito cor de ferrugem, que retirou de onde? Dos cabelos? Baruch não viu a manobra. Mas sentiu, respeitoso e cavalheiro, abrindo caminho entre as vísceras e as entranhas da velha bruxa, a angústia da ventosidade, que se expeliu sem escândalo, a um só tempo bafo e sopro. A vidente reapossou-se da visão:

– Um patriota... Mais do que ninguém, Baruch, o seu neto percebeu a dimensão do sonho brasileiro. Ladrão lúcido, ele farejou exatamente o sentido de nossa esperança mais íntima. No fundo, você sabe o que quer o brasileiro, Baruch?

De mãos dadas, um rapaz e uma jovem vinham pela calçada e contornaram o carrinho. Devagar, Baruch se afastou.

— Nunca pensei nisso, minha mãe.

— O sonho do brasileiro é ser um cafajeste pago em dólares, com obras de arte no porão e contas secretas na Suíça ou no Principado de Mônaco.

— Dois saquinhos — disse o rapaz.

De volta ao mundo dos grãos e do troco miúdo, o avô do Messias remexeu a pipoca com o funil de lata e encheu os dois saquinhos. Nina Sarno baixou as pálpebras para que a sua visão continuasse alcançando, no século XXI, canalhas nítidos e bilhões obscuros, num volume tão grotesco que a solução estava em canonizar demônios: um acordo de leniência com o inferno.

— O que vocês tanto conversavam? — perguntou a moça a Baruch.

— Nem sei. Ouvi pouco e entendi menos.

Uma tarde, antes da chuva que dispersaria as crenças e os crédulos, Nina Sarno chamou o rapaz como se quisesse vê-lo de perto. Um pouco tímido, ele passou à frente da jovem e entrou no quiosque. Nina apertou-lhe o pulso esquerdo, logo abaixo do relógio. Profetizou:

— Matias. Pelo fogo você perderá tudo. Menos a vida. E isso será a sua desgraça.

Matias sorriu e deu-lhe as costas. Porém, trêmulo, pegou a mão de Teresa.

— O que ela disse?

— As bobagens de sempre. Hoje ninguém mais espera um futuro *vitorioso*. Ela disse *vitorioso*.

— Mas isso é ótimo... — riu Teresa apesar dos modos sombrios de Matias.

— Sim. Vamos sair daqui — ele disse.

— III —

Afastou-se do espelho e viu a mesa de pinho, a escrivaninha que viera de algum porão anônimo, despejados os carunchos, desvelos da Zuleica. Papéis, livros, um copo de couro para reunir lápis e canetas, nada fora do lugar. E um cortador de páginas, de estanho lavrado, no formato dum punhal. O retrato de Teresa. O cesto para o descarte.

Sentou-se no cobertor ralo, ao lado da mala e da Bíblia de fundo falso. Ergueu-se com a lentidão do cansaço. Uma dificuldade estranha o dominava. Encarou a frincha na parede. Só os idiotas levavam a sério a Nina Sarno.

"Matias. Pelo fogo você perderá tudo. Menos a vida. E isso será a sua desgraça..."

Ódio. O ódio rangedor e lúgubre. Se tudo está nos lugares certos como deve ser no quarto dum escriturário de Conchal, onde se camuflava o ódio? Na apatia? No pavor? Nos nervos duma covardia que o espelho tornava infame? O ódio ao cotidiano miserável. Era preciso alimentá-lo com os ossos da maldade. Teresa compreenderia. E não era necessário que Zuleica entendesse tudo. Matias ia abandonar a miséria e seus carunchos.

– IV –

Refletia sobre a sua última viagem quando ouviu a voz de Teresa no alpendre, e depois na sala, falando alto com Zuleica. Um tremor sacudiu-o. Como conseguia não pensar em Teresa? Um silêncio longo antecedeu os passos da jovem no corredor. Matias crispou as mãos em cada bolso do paletó. Concentrou o espírito na ideia de que seria forçado a deixar o conforto de sua casa, o quarto solitário (quase uma cela de monge), os tinhorões do jardim, o rádio em surdina, a infância dispersa pelo musgo das pedras no quintal, a adolescência com as brochuras na estante de aço, a paz de Zuleica no cheiro do café pelas manhãs, o brilho do orvalho na grama alta. Coisas estúpidas. Decidiu que eram coisas estúpidas.

Fechou os olhos e sentiu no peito o prenúncio duma força desconhecida. Que inimigo ateava a ardência em suas têmporas? Olhando o trinco da porta, não sabia se a gota no olho direito era lágrima ou suor, tentou e conseguiu manter os sentidos em guarda. Seria grotesco e vergonhoso o desmaio agora, justamente agora, e ele retesou os músculos a ponto de provocar uma câimbra traiçoeira.

– Posso entrar, Matias?
– Pode.
– Só uma sugestão. Que tal se você abrisse a porta? Está fechada à chave.
– A chave... Desculpe, Teresa... – ele caminhou para a porta. Abriu-a. Curiosa, segura de si, ela entrou.
– Que desordem.

O escriturário nunca se importava com os rigores de Teresa.
— O que é isso? — ela observou. — Parece que você vai viajar. Vai mesmo? E não me contou nada.
— Pois estou contando agora, querida.
— Só agora. Nem me pediu para ajudar com a mala e a bagagem de mão. Ninguém diria que somos noivos e vamos casar antes da Páscoa.
— Foi uma resolução apressada — encolheu-se Matias. Acrescentou: — Não me refiro ao casamento e sim à viagem.
— Menos mal. Nem me beija.
— Você tem certeza disso?
Teresa percebeu no olhar de Matias uma cintilação voraz, mas passageira. A gravidade de sua voz perdia-se num tom resignado e inquieto. Ele abraçou-a (embora com rigidez).
— Não tenho feito outra coisa desde que você entrou... — a lâmpada agasalhava-os num aquário de luz mórbida. Matias beijou-a na testa e logo virou o rosto para a janela.
— Que tem?
— Nada — respondeu de pé, os dedos enervando-se contra o tampo da escrivaninha.
A moça arriscou.
— Então...
— Nada. Não se preocupe — Matias andou pelo quarto, contraindo o corpo. Ouviu a noite bater na vidraça. Disse: — Tenho beijado o seu rosto desde que você passou por aquela porta. Tenho também rezado.

— Matias... Matias...
— Entenda. Cada homem que não crê em Deus tem um modo louco de rezar.
— Imagino.
Matias voltou-se, brusco. Acariciou-lhe os cabelos com uma ternura quase protocolar.
— Ouça. Procure só ouvir.
Alguma coisa teria acontecido. Ela esboçou o sorriso da paciência irônica. Moveu os ombros.
— Você adora um drama. Esse dispensa os diálogos? Devo ficar calada no palco ou na plateia?
Sempre vivemos juntos em nossa rua. Fugimos uma vez duma enxurrada lamacenta. E depois dum dos buldogues do Meneguesso. Não escapamos do sarampo e você perdeu peso. Crescemos um ao lado do outro, neste quarteirão, no Grupo do Voss Sodré, no Ginásio, nas festas da Matriz, no Cine Ideal. Houve, entretanto, um primeiro momento, então nos vimos de repente, você ralou o joelho no poste e não pegou uma bola de borracha, cor de argila, e chorou. No recreio, me ofereceu umas lascas de beiju. A memória é um álbum infalível de fotografias que correm como um rio. Todos os sentimentos que marcaram no seu rosto, com luz ou sombra, a alegria, a dor, a esperança, o medo, a irritação, eu tenho comigo, todos, todos, todos, todos!

Apreensiva e de cabeça baixa, Teresa confabulava, como a cena terminaria? Nenhuma solução radiofônica lhe convinha. Facadas. Saliva raivosa. Um hino evangélico. Ou os arrotos (soluços) das comoções oprimidas. Só Deus sabe o que teria acontecido. *Fotografias que correm*

como um rio... Se todos os rios encontram a sua foz, o monólogo também deve encontrar...
Agora Teresa olhava Matias de frente. Pense nisto, Teresa. Pense com toda a sua força. Um rosto de mulher no espelho durante doze anos, o seu rosto, sem descanso nem desvios, as imagens superpondo-se durante doze anos, lindíssimas, a expressão inocente, dura, suave, oblíqua, nublada, sutil, imagine um espelho que retivesse as mudanças do tempo e as fundisse absurdamente, Teresa. Pois eu sou esse espelho. Em vez de refletir, eu retenho, sou um guardador de suas imagens. É esse o meu modo de rezar.

Na voz de Matias as palavras tinham pontas afiadas que começaram a perturbar Teresa a sério. Já amedrontada, ela impôs uma foz para o monólogo.

– Algum demônio tomou conta de você.

– Não há o que escapismo cristão não resolva.

– Não seja arrogante, infeliz. O que são as contorções dos nervos senão uma luta contra poderes que desconhecemos? Não negue a fragilidade humana.

– Não nego. Mas também não nego a estupidez.

– A viagem, Matias? Será a viagem?

– Não.

– Por que essa viagem repentina? Outra inspeção? Alguma coisa grave?

Não sei de que modo vou dizer a você que não passo dum gatuno. Sou um ladrão. A velha Zuleica se sacrificou tanto por causa dum bandido. A diferença entre um larápio e um assaltante é que um usa arma e outro o cargo, o prestígio, a aparência. Logo aprendi a dissimulação e o método da rapina indolor: roer aos poucos, mas sempre, todo dia, como as traças que devoram um compêndio de ética sem a obrigação estafante de ler uma linha sequer. Sou um cafajeste (somos uma legião nos Três Poderes). Não consegui não ser um canalha (são tantos no serviço público). Vermes administrativos (sou apenas um deles). Vou abandonar Zuleica. Vou deixar você antes da Páscoa.

– Alguma coisa grave?
– O que é grave hoje pode não ser amanhã.
– Por isso você prefere falar amanhã.
– Não... – o escriturário Matias a olhou como um boi na hora do abate. Gritou: -Teresa, dei um desfalque na agência. Há cinco anos venho alterando as planilhas da arrecadação e desviando dinheiro, muito dinheiro, um monte de dinheiro, mais do que você poderia imaginar. Foi isso. Foi só isso.

– Matias...

Ele agarrou a capa de gabardine e atirou-a contra as tábuas do forro, rindo alto, enquanto a capa esvoaçava como um morcego e tombava sobre o tapete. Depois bateu com as mãos no couro da mala sanfonada. Ria de Teresa, aterrorizada, a amparar-se na guarda da cama.

– Nunca mais ir contra o vento, querida. A grande ilusão dos imbecis é a correnteza, do ar ou da água. Por que subir o rio a nado quando muitos, nem sempre os melhores, descem confortavelmente? A honestidade é uma doença do caráter.

Teresa comprimia os dedos nas barras de ferro. Teve medo de cair. Muda e muito pálida, fixava o olhar na loucura que agitava os gestos do escriturário Matias. Ele falava com o atropelo dos insensatos:

– Filho de criação duma viúva, medroso, caixeiro de armazém, bancário, enfezado, quieto, solitário e com a maldita crença nos deveres, de que os outros se aproveitavam, "hoje faremos serão, Matias", cretino, cego, não sabia dizer não, "Matias, você que é um datilógrafo de raça, quer bater isto em três vias, por favor?" Então o concurso para escriturário e aqui estou eu a mesma coisa, condenado a subir o rio e a enfrentar os ventos.

– Matias...

– A minha reprovação em latim no Voss. Lembra-se, Teresa, do *educandário* onde fui constrangido a me matricular e de onde acabei saindo este técnico em contabilidade? Tudo naquela cocheira me dava nojo e me alertava para a direção do vento. Afinal, para que servem as espeluncas e as pocilgas do ensino pago a comerciantes? Simplesmente para esmagar os faxineiros e os bancários que se atrevam a concorrer com os filhos de família. Destes, dum vagabundo se faz um médico. Daqueles, dum provável advogado se faz um datilógrafo de Águas e Esgotos. Acabou. Basta. Vou descer. Vou descer, Teresa.

– Você vai fugir...

– Fugir? Não. O escriturário apenas vai empreender a sua última viagem portando valores da República. Terminada a viagem, os valores deixarão de ser da República e o portador de ser escriturário.

– A polícia irá atrás de você.

– Claro. E eu irei à frente da polícia. Aí está uma posição clássica onde não se deve mexer. Eu previ tudo. Para que servem as reflexões morais? Deixei no mata-borrão de minha mesa de trabalho, guichê 4, o nome de dois deputados federais da Arena e seu endereço de Brasília, com anotações mais ou menos ilegíveis. Todos pensarão que eu fui um mero instrumento de ladrões respeitáveis, demorarão a investigar, tempo suficiente para que eu recupere a minha inocência, tão abalada, e compre um palacete com piscina e adega.

– V –

Empurrou para o fundo da pasta um blusão cinzento cuidadosamente dobrado. Interpretava com os gestos a frieza que gostaria de ter. Ainda bem, não transpirava. Sentia-se livre duma carga injusta. Se não evitasse o espelho, veria um rosto menos lívido. Levaria a Bíblia? Teresa, acompanhando com aflição os movimentos casuais do escriturário, questionou:

– Você nada falou sobre a Zuleica.

– Sim. Nada falei. Então, ouça agora. Zuleica tem duas coisas que me tornam desnecessário e inútil: as moedas mensais da Previdência e o pouco tempo de vida.

– Meu Deus.

– Por que o espanto? Não me olhe como se eu fosse de outro mundo. Eu mudei, Teresa. *Eu mudei para pertencer exatamente a este mundo.* O país paga aos honestos, quando inválidos e *registrados*, uma quantia que impõe a eles uma pobreza digna. Sou obrigado a me resignar a isso?

– Não – e Teresa recuperou a firmeza da voz. – Não devemos nos resignar a nada. Muito menos ao crime e ao pecado da ingratidão.

Matias tentou um riso.

– Os crentes, de todas as tendências ou seitas, jamais ensinam que os homens se dividem em criminosos e vítimas. Nada mais. Eu escolhi o meu lado.

– Acorde, Matias. Isso é um pesadelo.

– O pesadelo do ladrão é ser apanhado em flagrante. Mas os ladrões só se perdem quando não esvaziam todo o ato criminoso. Quem age como bandido, seja um assaltante ou um pastor de almas, precisa exaurir o banditismo, trocar de pele e desfazer-se de todos os laços. Ladrão que se dá ao luxo de remeter mesadas aos carentes da família, já está com a conta-bancária atrás das grades. Não darei esmolas. Não serei preso.

As lágrimas se soltaram no rosto de Teresa.

– Volte a si, Matias. Você pode devolver o dinheiro. Nada está perdido. E eu, Matias. E eu?

– Adeus, Teresa.

– VI –

Parou de chorar. Estava parecida com o retrato. Pôs as mãos no rosto de Matias que se petrificou, seco e distante, quase não respiravam, ambos com a angústia em contenção. Nada disseram.

Teresa sentou-se na cama. Amarrotou a colcha e pendeu a face para o travesseiro. Devagar, os cabelos castanhos se derramaram na fronha e no silêncio. Estava parecida com o retrato da escrivaninha. O olhar sereno, mais quietude do que paz, mais caridade do que julgamento, e em algum lugar, a hesitar e a tremer, a vela sempre acesa da fé. Coisas estúpidas, diria o escriturário Matias, da Prefeitura de Conchal.

Ao vestir a capa, um atordoamento retardou-o, ele deu uns passos irresolutos pelo cômodo. Pegou o retrato de Teresa e espatifou o vidro da moldura contra a quina da mesa. Engolindo uma saliva amarga, muito grossa, não tinha como cuspi-la sem escândalo, empurrou os detritos para o cesto. Fez isso meticulosamente, com o dorso da mão direita. Depois, sem ter planejado nada, escondeu a foto no fundo falso da Bíblia. Guardou o livro com todas as suas ficções e profecias na velha pasta de couro de crocodilo, esfolada e inocente.

Uma súbita pressa, ele puxou a mala pela fivela da correia e a cama rangeu. Saiu e encostou a porta do quarto. Tropeçou pelo corredor. Viu Zuleica, sentada ainda na cadeira austríaca. Ela indagou:

– Você encontrou a Teresa?

Matias apertou os dentes.

– Você vai sair, Matias?

Há momentos em que até para a covardia é preciso ter coragem. A noite pesava na rua. Matias foi a pé para a Rodoviária.

– VII –

Não era longe. Duas quadras depois da Texaco, onde Nestor Barusco adulterava gasolina. A caminhada animou-o, Matias não quis esperar no saguão. Já estava com os bilhetes. Desceu a escadaria para a plataforma de embarque. Com um aceno de cabeça, cumprimentou o cabo Clóvis e sua mulher, dona Amelita. O cabo estava à paisana. Certamente ocultava um Colt 32 na cintura. Mas sua arma verdadeira era o chifre 45, assim se comentava nos círculos de resistência civil, depois do décimo chope. O cabo embarcou sozinho num ônibus da Reunidas, para Santana Velha. Abraçou e beijou a vistosa e despudorada Amelita.

Matias entrou na fila do ônibus para São Paulo. Estava no horário. À frente ia um casal que só depois de algum tempo ele reconheceu com prazer: Orso Cremonesi, professor no Voss, e sua mulher Estela, amiga de Teresa. Outro aceno.

O professor ajudou-a com a bagagem. Despediram-se demoradamente. Ele ficou em Conchal. Matias, que confiara a mala aos serviçais da empresa, tirou a capa e, com a pasta, entrou no ônibus logo atrás de Estela. Poltrona 15. Esticou as pernas. Wilsinho Barusco, o caçula de Nestor da Texaco, acionou o motor. Para Matias a trepidação do ônibus era um conforto. Na mesma fileira, ocupando a poltrona 13, Estela acenava para Orso. Na plataforma, de barba escura e olhar de profeta aprendiz, o professor parecia compor um soneto para a *Gazeta de Conchal*. Ou uma predição?

No banco do fundo, alguém disse:

– Boa viagem... Boa viagem...

O Pecado Amarrado ao Poste

Redundante, o marido desabafou:
– Hoje. Hoje. Hoje.
Entendeu o irmão do marido que seria hoje, mínima a controvérsia, mas como fosse mais atilado, admitiu que seria hoje à noite. As trevas são companheiras dos redundantes. Aliás, escorria no rosto largo do marido o suor da espera, qualquer coisa de viscoso e obstinado, o sofrimento indormido dos justiceiros. Tinham cabelo no peito e tomavam banho uma vez por semana. O marido e o irmão do marido cruzaram o olhar ferroso e selaram o trato.
– Hoje.
A mulher do marido veio, jeitosa, deixando em cima da mesa a travessa com salame do Rio Grande, cortado em fatias e com as duas bandas dum limão galego. Mais o prato de azeitonas. O olor do pecado arrepiou as lembranças. O marido baixou as pálpebras. O irmão do ma-

rido, mais avisado e de cheiro forte, empurrou a gengiva e dois dentes num sorriso manso e mineral.

Quando a mulher do marido se afastou, difícil não se comover com as ancas na saia apertada, as pernas macias, as sugestões da nudez imaginada. O irmão do marido garantiu que o cunhado também viria. Decidido isso, comeram o salame, o pão, cuspiram o caroço de cada azeitona na mão em concha, como senhores de respeito, admiraram o colarinho da cerveja e enfrentaram o resto da tarde com um palito no canto da boca, mastigando a conspiração.

O cunhado chegou da ferrovia e lavou as mãos no tanque. A noite caiu, resignada, na ansiedade do marido, na calma do irmão, no medo do cunhado do irmão. Nem a rede de estrelas, esticada sobre o casario e os postes da rua torta, distraía-os, embora fizesse crescer por todos os lados, em surdina, a voz duma sanfona evocativa e familiar.

Ao longe, o assobio do vigilante.

Saíram. Simularam espairecer e traduzir o diálogo duns sapos. Agora estavam atrás do tapume duma construção. O cunhado do irmão do marido, um pouco trêmulo, segurava um cabo de enxada. O marido espiava a rua por uma frincha.

– Agora.

– Não se apresse – alertou o irmão do marido.

Todos olhavam a rua.

O vizinho do marido saiu de casa como quem não quer nada, mão no bolso, jaquetão curto e chapéu Nat King Cole. Andou até a esquina, retrocedeu devagar, acendeu o cigarro sob a luz do poste. O marido tremia de impaciência e remota esperança. "Talvez não seja..."

– Não se apresse – repetiu o lúcido, com a dureza e a precisão dum açougueiro na cirurgia do *mignon* e da costela.

A mulher do marido apareceu no portão. O vizinho do marido amassou o cigarro nos dentes e atravessou a rua pelo trajeto das sombras, correndo. A mulher seguiu-o com pureza e desenvoltura, até achou um fiapo de linha branca na saia, alisou as coxas através do algodão xadrez. Ambos sumiram num pasto baldio.

– Cachorros – ornejou o marido. Arregalou o chifre e arregaçou as mangas.

– Vamos – foi a sentença do irmão do marido. Tirou a cinta e dobrou-a, com a fivela exposta.

O cunhado do irmão afagou o cabo da enxada.

Deram a volta e embrenharam-se numa reboleira de mamona. Meu Deus. Num mato ralo, entre as ruínas dum muro e um tronco de pau d'alho, o pecado vicejava com indecente nitidez.

– Cães – variou o marido. E feroz como um cruzado diante dos mouros, saltou sobre o sepulcro de sua honra para libertá-la a dentadas, socos, pontapés, unhadas, palavrões e uma baba raivosa. O irmão do marido não só aplicou cintadas como distribuiu tapas com empenho e critério. O cunhado, declamando perdigotos e versículos da Bíblia, e brandindo o cabo da enxada contra a poeira, só quis assustar os adúlteros. Era crente, fiel e foguista.

O vizinho do marido gritava que estava bem morto. Já a mulher do marido, sempre discreta, comprimia os soluços na gola da blusa. Viram-se arrastados para o meio da rua, com clamor, alarme e tragédia. O marido arrumou um pedaço de corda.

– Cadela – ele mugiu.

– Foi o demônio – a mulher absolveu-se.

O vigilante desceu a ladeira, luzes se acenderam, uns cães, estes verdadeiros, comunicaram a sua isenção, agitando o traseiro e as pulgas com neutralidade. Vozes e passos em desordem avolumavam-se ao redor da noite. Que foi? Que diabo foi isso?

– Sim. O diabo – justificou-se a mulher.

Os pecadores foram amarrados um contra o outro, ao poste de ferro. Vinha gente de todos os lados. Só os gatos se esconderam, filósofos da indiferença. O marido berrava numa grave e martirizada voz de guampa:

– Venham ver. Venham ver.

Como um caçador que se orgulha do tamanho do urso, e o exibe, o marido apontava o pecado sob a luz amarela do poste, criava na mente uma fogueira e reduzia a cinzas as patas e os cornos das tentações, batia no peito peludo, dançava no meio-fio do passeio, caía, feria-se nas pedras da rua, gritava que era o marido daquela mulher e ria na cara dos que se aglomeravam em torno dele e do poste. A Idade Média ecoava no ridículo. Venham ver. O marido ia crescendo não numa aura, mas numa bolha de ódio e selvageria. Fez a aliança retinir contra o poste, num soco homicida. Venham ver. Os adúlteros tinham a vergonha no rosto, embora oculta em sangue e suor frio.

– Caninos – esmerou-se o marido.

O alvoroço fervia no bairro. Foi quando a polícia chegou. Agora o marido arquejava, andando aos tropeços em volta do que supunha ser a fogueira da vingança divina, pois Deus, justo e sábio, sempre esteve com os aflitos e não com os seus vizinhos. O irmão do marido explicou-se perante a autoridade, um sujeito baixo e afável, de paletó aberto e polegar na cinta. O cunhado do irmão do marido saiu para lavar o cabo da enxada no tanque. "Nunca de sabe." A polícia desamarrou o pecado, dedicou-lhe os primeiros afagos de algodão e gaze, e removeu-o do altar sacrificial até a delegacia. Ao desaparecer a fumaça da viatura na esquina, o povo se dispersou para rir em família.

Menos os gatos. Do telhado eles tinham uma visão metafísica da lua.

A Testemunha

– I –

Nos anos sessenta, a comarca de Conchal era ainda de primeira entrância. Chegaria à segunda com o golpe militar e a influência de pecuaristas e do padre Manolo Arias Ruiz.

O oficial de justiça Pedro Vaccari, apesar da reforma do Fórum, que não chegou a enriquecer o interventor, mas o deixou bem perto disso, manteve os hábitos da casa velha. Lavava a privada do juiz e do promotor caprichosamente, com sabão de coco e esfregões sanitários. As autoridades detinham a chave nos gabinetes, agora com tintas claras nas paredes e persianas nos janelões de correr. Reposteiros de feltro verde. O mapa da jurisdição. O relógio de algarismos romanos. Verniz ao redor.

Cheio de respeito, Vaccari recortava o *Diário Oficial* em retângulos e agrupava as folhas num gancho de arame. Era o papel higiênico dos togados. Não raro, eles demoravam ali para ler discursos e atualizar-se na jurisprudência.

Contrastes. O papel higiênico fora inventado para os nobres em 1880, na Inglaterra. O Fórum de Conchal poderia esperar até que o orçamento se civilizasse: era um lugar onde não se falava privada, e sim *solitária*, pelo menos na Sala das Becas.

Vaccari manteve também o apelido: Cara de Cavalo. O padre Manolo Arias Ruiz, um espanhol alto e recurvo, não mudou em nada os seus hábitos: cumprimentava na rua, com gesticulação cênica, só os que aparecessem de Aero-Willys para cima. No saguão, aspergiu com água benta o retrato do Marechal Castello Branco. Isso comoveu o minúsculo Tales, porteiro dos auditórios. Tinha saudade do Tiro de Guerra e confessou: "Adoro a Sagrada Família..." Tudo era minúsculo no porteiro Tales: também a ambiguidade.

No cubículo dos oficiais de justiça, Pedro Vaccari consultou a escala e a pasta dos mandados. Vila Prudentina. Rua Quincas Vieira. Travessa da Rua Emílio Mori. Benzeu-se e beijou a medalha de Santa Catarina. Iria a pé pela Marcondes e cortaria pela Rua Desbravador Ceará.

Cara de Cavalo calculou três mandados para a tarde. Melhor apressar-se.

– II –

Era no tempo das galochas.

Se chovesse, o risco de escorregar no asfalto ou na sarjeta, até com fraturas, tinha uma estatística sombria. Mas, seco o tempo e ensolarado o dia, elas protegiam os cascos nos trajetos curtos. Cara de Cavalo usava-as, trotando num passo sibilante, a pasta sob o braço. Mesmo assim, Vaccari se ressentia das solas cambaias. Envergava agora um terno de *nycron*, originariamente azul, que Conchal avermelhara nas ombreiras e na lapela. Ansiava por um carro amarelo, um Dauphine da Willys, que Nestor Barusco estava negociando e o expunha no galpão da Texaco. Porém, como confiar num dono de posto que envenenava gasolina e emitia cheque sem fundos? Já na primeira curva da Desbravador Ceará.

Por toda a cidade, não tão pequena, e nos campos, os oficiais de justiça carregavam em pastas de papelão ou couro a história dos vícios e das paixões, refletia Vaccari. Seria mais cômodo num Dauphine.

Rua Quincas Vieira. Terceira casa à esquerda. Sem campainha. Portão de madeira. Dois cajueiros na rampa dum jardim regado. Um homem lia jornais no terceiro degrau duma escada de cimento.

– Boa tarde. O senhor é João Amaro Malacrida?

– Boa tarde – João Amaro Malacrida conhecia o Cara de Cavalo e o encarou com desgosto. Não era velho, mas lento e cansado. Os suspensórios de elástico, a calça de brim, um colete no verão de Conchal, sem botões, a exibir o peito de pombo e a respiração oprimida, ele não se ergueu logo. Tirou os óculos. Limpou as lentes na manga da camisa. – Sou eu – levantou-se. Os jornais caíram sobre as sandálias. – Estou reconhecendo o senhor. Do Fórum?

– Sim. Pedro Vaccari. Oficial de justiça.

– Estive lá – Malacrida ajustou os óculos.

– Agora me lembro. Um caso trabalhista da Swift. O assunto hoje é uma audiência criminal.

— Criminal?
— Nada grave. Furto. Estelionato. Quadrilha.

O inchaço nos tornozelos, o pensamento turvo e a incompreensão tão próxima, subindo a escada de galochas, era difícil para Malacrida definir o humor dos oficiais de justiça. — O que querem de mim?
— Só quem peticiona quer. A justiça não quer nada.
— Então?
— Pouca coisa, seu João Amaro. É um processo-crime da Primeira Vara. O senhor foi arrolado como testemunha de defesa dum réu que tem o seu nome. Que coincidência. Luís Antônio Malacrida Neto, vulgo *Elvis*. Algum parente? Não se amofine. Ninguém mais repara nisso hoje em dia. Não há família em que pelo menos um não tenha parte com o canhoto.

Malacrida empalideceu. Viu o papel timbrado e a caneta na mão do Cara de Cavalo. Estavam agora na sombra dum cajueiro. Nada significava ao homem da lei que João Amaro tivesse escavado aqueles degraus na antiga piçarra, e atijolado, e posto ali o cimento de seu fervor, em cada ângulo da escada, com as ferramentas das decepções com que se constrói a pobreza.

Puxando um lenço escuro, o oficial de justiça subira indiferentemente a escada. Só o suor na testa o aborrecia. A experiência lhe segredava que as autoridades não deviam transpirar em público. Disse:

— O código me impõe a obrigação de ler a denúncia com voz pausada, altissonante e incontroversa, mas com este ar abafado... O senhor assina com as outras testemunhas atrás do mandado?

— Por favor. Aponte onde vou assinar.

— Aqui... — Vaccari resolveu com uma ligeira pressão da unha. — Algum parente... — mas parecia não ligar nenhum significado ao que falava. A pressa sempre foi inimiga dos significados. Além disso, por que aplicar a letra fria da lei no calor? Melhor poupar a família de ouvir essas denúncias que podem não dar em nada. O acúmulo de processos na Primeira Vara, do suntuoso titular Rui Galvão, era um escândalo, claro, e também uma esperança para os réus e *seus entes queridos*, Vaccari apenas aliviava o peso de sua negligência. Estava com sede. Mas não de água. João Amaro revelou:

— Meu filho... — apoiou-se ao corrimão e foi assinando devagar. Ele era canhoto. Em silêncio, como se não existisse mais, ali ou em qualquer lugar, a não ser pela inquietação do peito e os recados da asma, conseguiu imprimir no verso do mandado a sua letra de antigo desossador de frigorífico.

— Pronto.

— Bem original, o apelido. *Elvis...* — Vaccari entregou a João Amaro a cópia a carbono. Há momentos, e bairros arruinados, em que até oficiais de justiça se atrevem a uma ironia. O calçamento ainda não chegara ao portão do velho operário da Swift.

Sentiu-se velho. Pior do que isso. Irritou-se por ter confessado: "Meu filho..." Percebeu que a velhice o agasalhava de repente com o sórdido conforto da covardia. Viu de muito perto o Cara de Cavalo, e de perto ele emanava um cheiro dos diabos, recordava-o no saguão, destratando gente confusa e sem rumo, as mandíbulas empinando-se para as intimações da lei. O certo seria desossar-lhe o queixo com um soco.

Dobrou a cópia para ler depois.

– III –

Leu depois. Preferiu para isso a cadeira de palha trançada. Se o médico da Swift vetara o fumo, a asma proibia tudo. Tão evocativo o cachimbo naquela cadeira. Maria Alice. Ainda que estivesse morta a mulher, enterrada com os gritos de seu câncer há tanto tempo, era possível vê-la nas linhas azuis da fumaça. Sem a aragem, os jornais se aquietavam agora nos ladrilhos do alpendre. Até a avenca se imobilizava na lata de óleo. Furto. Estelionato. Quadrilha. João Amaro perdeu o controle das mãos e começou a tremer. Maria Alice. Fechou os olhos para ver Maria Alice. Ela lhe trazia na varanda a broa de milho, o café, o cachimbo e a esperança ilusória da fumaça.

Bordava panos de prato para vender na Feira da Praça Gorga. Fazia doce de cidra no quintal, que apurava num tacho de cobre, regulando a lenha no fogão. De saia estampada e chinelos, sentava-se em qualquer canto, com a almofada dos alfinetes e os novelos da lã desfiada. Para as vizinhas da Rua Emílio Mori, na esquina, duas viúvas que passavam a ferro as cambraias do padre Manolo Arias Ruiz, esboçava a lápis os querubins das toalhas. Cantava no tanque. Sabendo um pouco de inglês, riscava em panos de prato: "Home Swift Home..."

– IV –

Maria, você viu quem saiu daqui? O Cara de Cavalo. A chama das velas não chegou até Cristo. Nem as minhas rezas de asmático. De nada valeu a santinha do oratório. E as suas promessas? Pensei que nunca mais eu fosse chegar perto dessa gente. Preciso ir ao Fórum de novo, Maria, agora não por mim, mas por Luís Antônio, um pouco antes do Natal, dezoito de dezembro. Ele sempre se mete com bandidos, Maria. Não sei de quem herdou o sangue podre. Bandidos. Vagabundos. Viciados. Às vezes me parece, apesar da Bíblia e do terço em família, que o homem foi criado não no sexto dia e sim no quinto, quando Deus ordenou que as águas produzissem répteis animados e viventes.

Seria essa mágoa um pecado contra a glória de Deus e o milagre de sua criação? Nunca me queixo dos propósitos divinos. Longe de mim a ingratidão. Deus nos oferece a vida e apenas cobra que tenhamos o comando da sobrevivência. No entanto, o que são os homens, numa espantosa maioria, senão os répteis da quinta jornada?

Luís Antônio... As decepções matam aos poucos e eu tive tantas. Você, pobre mulher, sempre exigiu que eu tentasse com o menino um ajuste de contas, uma conversa séria, e deixasse de levar para ele o café no quarto. No começo eu gostava tanto disso, apesar da vocação dele para o sono. Eu me sentava na beirada da cama. O café despertava e propunha os assuntos de nossa convivência. Um dia eu não suportei aquelas paredes, não fui mais lá, não por sua causa, Maria. Mulher não manda em homem. Nunca. Fui expulso pelo incenso e pela maconha. Ao acordar dum pesadelo, nosso menino gritava: "Todo o poder a Gandhi. *Ban the bomb.* Todo o poder a Luther. *Peace and Love...*"

Surpreso, e com ataque de asma, demorei a entender. Uma vergonha. O infeliz adotou o apelido de *Elvis* e com o tempo acabou trocando a família por uma comunidade que parecia fazer das roupas uma propaganda da mendicância. E dos cabelos? Ninhos de piolho. *Peace and Love...*

Fui ver de perto. Armaram tendas num dos quintais abandonados da Vila Abarca. Ali, atrás da antiga igreja dos tropeiros, agora vazia de religião e história, o pão era integral e a intimidade também, partilhada por todos, sem escrúpulo, ou ciúme, ou pelo menos um lenço. Acredite, Maria. As meninas mostravam rindo a pelagem do sovaco.

Bata de crepe indiano, flores na cabeça, um colete de franjas e missangas, o nosso menino *meditava* de pernas cruzadas. Queimava-se incenso, então me afastei. Sujos e insolentes, ao longe, alguns bêbados desafinavam ao violão e comprometiam a flauta-doce.

Inclinei a cabeça para o chão hostil, onde tropecei. Talvez chovesse à noite, incomodava-me a friagem. O vento, soprando o pó de tanta imbecilidade, me aturdia. Lembro que me abracei para reconhecer o afago de minha blusa de lã. Vim a pé da Vila Abarca, apesar das charretes que rodavam para o centro. Garoou antes de escurecer. Fiz café. Mais tarde, mesmo sem fome, esquentei a sopa.

Sinto falta do cachimbo. A fumaça que escapava do fornilho, em halos que se consumiam no ar, era azul. A que se soltava de minha boca era cinza. Acho que até hoje acumulo cinza por dentro. Pareço um revoltado contra Deus... Maria, por favor, não faça esse juízo.

O bom Deus inventou a miséria não para nos punir, ao contrário, criou a desgraça para nos retemperar na dor e nos definir pelo sofrimento. O que acontece com a carne, ainda que de boi, na trempe? Ela torce as suas fibras e chia ante o calor das brasas, debatendo-se em fogo e sangue para acalmar-se, agora tenra, na gamela dos que vão devorá-la entre as dentadas e os desaforos da plenitude. Também ao paraíso iremos, um dia, mansos de músculos e desossados de maldade, para o divino banquete em que muitos serão os convidados e poucos os servidos. Então...

...ruidosamente, arrastando as cadeiras para trás e erguendo os corpos libertos, canecos ao alto, meu Deus, meu Deus, mugimos de fervor.

– V –

Era no tempo da picanha benfazeja.

Foi num sábado, como esquecer? O dia amanheceu limpo e claro. Preparamos a festa num dos pátios da Swift, o dos fundos, de onde se enxergava além do muro a curva de asfalto sumindo nos bosques da Rondon. Barulho de estrada nunca atrapalhou uma confraternização. O brasileiro George William, nosso gerente, autorizou o churrasco desde que a Caixa dos operários contribuísse.

Eu era um dos churrasqueiros. Quanto aos bois, porcos e frangos, somando-se os abatidos e os enlatados, o peso da carne beirava uma tonelada. Acho que exagero um pouco. Foi nessa festa que conheci o magistrado Rui Galvão, que atrasava os processos, mas, no momento, de camisa xadrez e botas de montaria, julgava um copo de uísque. Aquilo, dourado e denso, seria mesmo envelhecido quarenta anos em tonéis de carvalho? O juiz decidiu no prazo, com estalos de língua e elogios a George William.

Nosso gerente, baixo e perfumado, de saúde frágil, vestia-se como sempre: sapato de solado grosso, blusão de camurça, camisa de colarinho, um cinturão de fivela vistosa e o lenço de seda no pescoço. Hesitava ao mover-se, como se calculasse cada um de seus passos miúdos. Dirigia pela cidade um Packard bordô, com forração de couro, logo com as bênçãos gestuais do padre Manolo Arias Ruiz. Ainda sem rugas, louro, indo para o grisalho, sustentava um olhar de água parada. Era paciente e obscuro. A paciência e a obscuridade não seriam atributos, por exemplo, do crocodilo? Só que, nos répteis, o bote nunca é inesperado e não decepciona.

George William chamava-se também Meneses. Mas, ocultava isso. Que mais ocultaria nos escritórios da empresa? E na sua saleta de três cofres? Tempos depois, pela política de *corte na gordura*, eu ficaria devendo a ele a minha demissão. Deus criou o aviso prévio e as indenizações para consolar os aflitos e os despossuídos.

O padre Manolo Arias Ruiz, lançando a água sacra em todas as direções, até nos temperos, abençoou com unção as três churrasqueiras. O juiz Rui Galvão serviu-lhe o uísque.

– Tão bom quanto o vinho das Bodas de Caná – ele sentenciou. – Experimente, padre.

– Pedirei ao Senhor para não afastar de mim este cálice.

Relógio no pulso, bússola no bolso, anel do zodíaco à esquerda e condescendência no rosto, o brasileiro George William passeava pelo pátio, entre os operários, ouvindo a música sertaneja duma dupla e o alarido dos esfomeados. Comeu alguma coisa sem sujar as mãos. Nada de cerveja. Era abstêmio por sugestão do médico e solitário a conselho da vida. Mulheres ali, só algumas, e funcionárias.

Caminhando até o muro, gostava que o vissem em todos os recantos da Swift e o bajulassem com o respeitoso receio de quem vive de salário, George William reconheceu o minúsculo Tales numa roda de presbiterianos. Estavam à sombra dum pinheiro. Dividido entre o agradecimento e a coxa de frango, Tales mastigou a ambos. "Adoro o churrasco da Swift..."

Claro. O brasileiro George William em princípio não praticava a ironia com serventes. Entretanto, naquele sábado, mesmo que quisesse, não teria tempo. Na Rodovia Marechal Rondon, além do muro, ao longo da curva que desaparecia no bosque, um ônibus de Santana Velha e outro de São Paulo chocaram-se absurdamente. O estrondo impôs a seu redor o silêncio onde se forja o medo. Depois o desespero. Incêndio. Ferragem incandescente. Gritos. Gritos. Gritos.

Fiz o que pude. Todos fizeram. Apagado o incêndio, dezoito mortos foram enfileirados no acostamento, em sacos de lona. Quarenta feridos em hospitais ou em tendas. Até George William manchou de sangue os bancos de seu Packard. Mortos e feridos. Os desossados de Deus. Os eleitos para a sua glória. Os escolhidos pela sua misericórdia.

No pátio, encerraram a festa e partilharam as sobras. Alquebrado pela amargura, o padre Manolo Arias Ruiz levou para casa uma travessa de picanha fatiada. O juiz Rui Galvão contentou-se com um frasco de uísque envelhecido quarenta anos.

– VI –

Não por isso, o juiz Rui Galvão ficou na linha de tiro da corregedoria. A fama nunca se atrasa. A pilha de processos sem decisão crescera sobre uma das janelas gradeadas do depósito e por ali não entrava a luz ou a sombra das quatro estações. O anedotário insinuava: "São processos envelhecidos quarenta anos em tonéis de letargia e descaso..."

Nada abalava o magistrado. A adega de sua casa lhe oferecia a estrutura ética de que precisava. Não se sentia lerdo. Era um escravo do estilo erudito. Interessava-se pela meditação budista e queria escrever como Guimarães Rosa. E conseguia, porém, de seis em seis meses, como se apurou na estatística perplexa de Tales, o minúsculo.

Circulou pelo Fórum que quem viria era o corregedor Bustamante, alto e gordo, cuja carreira incluía uma passagem por Santana Velha e Conchal, então alto e magro. Todos se lembravam desse juiz, hoje desembargador, que argumentava com a imobilidade de seus olhos azulados e fiscalistas.

Como intimar Nina Sarno? Pedro Vaccari pensava nisso com aborrecimento. Como se intima uma bruxa? Ela morava com um ou com outro nos Confins ou na Vila Abarca, o Vietnã de Conchal. Carro não chegava naqueles ermos, a não ser os tanques de guerra. Ali, os mais cultos assinavam o nome e os menos pediam esmolas. Nas biroscas, a lucidez sempre vinha da cachaça com limão-rosa. Desse modo, antes do vômito, os sociólogos do bairro concordavam que os pequenos furtos não eram delitos e sim costumes. Água de poço. Luz clandestina. Detritos. Ruínas. Assim, nesse viveiro injusto, onde a chuva alterava o mapa dos morros e o sol excitava os insetos, Mãe Nininha fazia pouso. Exatamente onde?

Com o Bustamante chegando, convinha cumprir os mandados, preocupava-se Vaccari. Ora, mera testemunha de antecedentes que a defesa de Beatriz Bergamini arrolara não se sabia bem por que, talvez para retardar a instrução, Nina Sarno foi intimada na Feira da Praça Gorga. Vaccari acercou-se do quiosque, sem se incomodar com os crédulos. A lei jamais pediu licença.

– A senhora é Nina Sarno?
– Sim, meu filho.
– Sou oficial de justiça e tenho uma intimação.
– Intimação... Fiz alguma coisa?

— Não, dona Nina. A senhora deve ir ao Fórum e falar sobre Beatriz Bergamini.

— Beatriz... Nem conheço.

— Deve conhecer não por esse nome. Ela agrediu o marido com um martelo. Abriu a cabeça dele.

— Grande e corajosa mulher. Um exemplo para as que sofrem nas garras desses brutos.

Vaccari riu e puxou a tampa duma caneta.

— Ponha a sua assinatura aqui, dona Nina.

— Não sou boa de leitura, meu filho. Mas desenho o nome se você não tiver pressa.

— Aqui, dona Nina. Faça o seu desenho.

Ela tirou os óculos duma sacola de palha.

— Abriu mesmo a cabeça?

— Machucou um pouco. Foi coisa leve.

Laboriosamente, Nina Sarno arranhou no verso do mandado os garranchos de sua identidade. Mordeu os lábios. Depois, dobrando as hastes dos óculos, sobre a mesa, e sem se levantar da poltrona, apertou com brandura o pulso esquerdo do oficial de justiça.

— Vaccari. Pedro?

— Sim – ele dobrou o mandado com displicência. Ia afastar-se. A mão da bruxa o impediu.

— Pedro Vaccari... – ela disse pausadamente antes de fechar os olhos. – Deus me permite viajar pelo sangue de quem me oferece o braço... – a voz envelhecera meio século e vinha de muito longe, arrastando sons roucos e exaustos. – Não seja impaciente, Pedro. Não negue o fluxo de seu sangue a Deus. Deixe a ele o comando das visões que latejam no seu pulso. A única autoridade neste mundo e no outro exala de Deus, Pedro. Submeta-se.

Estranhava o homem da lei a linguagem daquela mulher, uma pedinte, reconhecidamente uma exploradora nos garimpos da credulidade humana, alucinada e esperta, que só assinava o nome e vestia-se com desleixo. Pedro não retirou o braço.

– Seu nome – revelou a cartomante – correrá pelas veias dum patriota de respeito. Será famoso em cinquenta anos. Um homem silencioso e calmo, de roupas largas para esconder o dinheiro dos outros, de barba triste e testa pensativa, os inchaços do corpo transmitindo o suor e a paz duma inocência aparente. Sinta-se orgulhoso, Pedro Vaccari. No seu caso esse sentimento não será um pecado. Dólares e *euros* absolvem qualquer pecado.

Euros... O que seria isso? Pedro sentou-se ao lado de Nina Sarno. A princípio, a curiosidade levou-o a esse gesto, tão incomum entre os arrogantes. Depois a incompreensão, em seguida o espanto por ter entendido os absurdos que ouvia da mendiga. Apoiou os cotovelos na mesa e aproximou-se para escutar os delírios da idiota... O que o prendia ali? *Talvez a descrição física de seu descendente. A organização da política em quadrilhas e não mais em partidos. A cumplicidade dele, o homem de seu sangue, a adesão eficaz e sombria desse parente ridículo, a calva que cintilava de suor, o passo arrecadador cujas solas nunca deixavam rastros em empresas e ministérios, o cérebro contábil e a memória das contas secretas.*

– Sinta-se orgulhoso, Pedro.
– Não vejo motivo para tanto, dona Nina.

— Mas Deus vê. Esses homens mudarão o conceito de criminalidade. Queimarão o código penal em praça pública. O bom senso reconhecerá enfim que a sociedade só cresce e se civiliza pelo delito intrínseco de cada um de seus cafajestes. *No entanto, durante o escândalo, amargarão alguns meses na cadeia e no opróbrio. Sofrerão com a perda da gordura, dos cabelos e das cifras, estas que pareciam tão escondidas nos himens bancários da Suíça. Tudo isso, mas só até recuperarem o prestígio pelo reconhecimento de seu arrojo patriótico.*

Pedro voltou a si e balançou a cabeça.

— Com licença, dona Nina.

— Não me negue pela quarta vez, Pedro. Falta pouco para o século XXI.

Já de pé e oferecendo a vaga a consulentes que se impacientavam na fila, Pedro indagou:

— E o que isso significa?

— Talvez nada. Minha visão só alcança meio século... Suponho que o crime não terá mais o castigo. Para que servem os honestos? Eles idealizam a nação, essa abstração lamentável e demagógica. Só os criminosos atam e desatam as alianças que constroem o país. Seu descendente será um deles.

Pedro Vaccari irritou-se.

— VII —

Saiu da Praça Gorga e no mesmo dia transmitiu a irritação ao cabo Clóvis. À paisana o militar, de folga diante duma Pepsi no Bar do Ponto, convidou o civil a ocupar uma cadeira. O Comando recomendava urbanidade se não fosse caso de prisão. Talvez umas batatas fritas? Tremoços? Vaccari advertiu que o assunto era muito grave. A logística impunha os cuidados da reserva e do sigilo. Na casa, sempre cheia, os bêbados resistiam mais ao regime e menos ao vinho tinto.

Era um fim de tarde em Conchal. A noite começava pelo silêncio. Passearam entre as primeiras sombras do jardim. De imediato Vaccari percebeu o desinteresse do cabo. Ele não faria nada contra Nina Sarno. Não acreditava que ela pregasse contra a Revolução.

Mas como?

Não seria subversiva a calúnia de que o nosso país suportaria, no século XXI, a fermentação asquerosa de mais de trinta partidos políticos, todos organizados como bandos de malfeitores e atraindo a cumplicidade de empresas? Com isso Nina Sarno não estaria predizendo a temível redemocratização e, portanto, insinuando, ó céus, a *decadência* ou mesmo o *fim* da ditadura militar? O retorno dos civis ao Orçamento da República? E que espécie é essa de corrupção, tão alarmante e abrangente, que não pode ser punida sem comprometer o andamento das obras públicas?

Sentiu fome. Voltou ao Bar do Ponto para pedir no balcão três pastéis de queijo e um conhaque. O cabo Clóvis era um militar de corno civil, vingou-se Vaccari e descontou o azedume nos pastéis, mastigando com vigor cavalar.

E se conversasse com Bustamante? No pouco tempo em que o magistrado permaneceu em Conchal e em

Santana Velha, rigoroso e exigente, ainda que sem perder os churrascos de George William, sempre se dera bem com ele. Quantas vezes encheu-lhe o caneco de cerveja? O juiz Bustamante nada falava sobre a fiscalização correcional. Agia com presteza e alguma intolerância. Seus auxiliares não tinham tempo nem para o café das três horas. Porém, no começo da noite, acesas as arandelas do saguão, judiciosamente repartido o suor pelas dobras do corpo gordo, o corregedor desfazia o nó da gravata e tirava o paletó. Eu gosto de Carrara, Chiovenda, Soler, Asúa, Savigny, ele dizia, mas agora prefiro Pilsen.

Dez dias foram suficientes para que Bustamante chegasse ao relatório. Os auxiliares regressaram a São Paulo no ônibus da madrugada. Perderam o churrasco de sábado. Rui Galvão foi promovido por antiguidade. Reciclou-se o atraso, indo a carga para os togados da vizinhança, em lotes onde a justiça dava a cada juiz o que lhe era indevido. Esses processos foram recebidos com cortesia obscena.

Antiguidade, declamava Rui Galvão ante a primeira dose da tarde, o que é a antiguidade se não o merecimento dos anos acumulados? Era parecido com um ator antigo, Robert Donat, o olhar alcoólico sugeria algum romantismo, que o bigode não desmentia, curto e retocado a lápis. Uns amam os Beatles. Outros, Guimarães Rosa. Galvão iria para uma das Varas Criminais de Campinas. Então, talvez tivesse tempo de coligir todas as sentenças de sua carreira para, com calma e sem os atropelos da vida infame, publicar num único volume, com o retrato de formatura na capa, de beca e capelo, o livro *Grandes Decisões: Veredas*.

– VIII –

Rui Galvão conseguiu transformar o churrasco de sábado na festa de sua despedida. Não o inibia a presença feroz e adiposa de Bustamante. Nem mesmo a ironia de meia dúzia de advogados, chamando-o de excelência e oferecendo-lhe as carnes mais *eméritas*. Até cantou com uma dupla sertaneja e fez questão de julgar, no prazo, os diversos temperos.

– Sempre absolvo a pimenta... – esbanjou simpatia, conversou com todos, e caminhando pelo pátio até os fundos de onde se via a Marechal Rondon, solitário no meio de tanta gente, pareceu a todos que se recolhia para um minuto de silêncio.

Voltou logo para um pernil com farofa.

Cara de pau? Não. *Semblante de madeira de lei*. O decano dos advogados, um velhinho mordaz e de bengala, foi quem disse isso.

Vaccari calculou que falaria com Bustamante antes que o corregedor esvaziasse o quinto caneco de chope. Não errou inteiramente. Porém, para um servidor que se esmerava em manter repleta a gamela do chefe, a acolhida foi gelada, quase desastrosa. Bustamante, desapertando o cinto, ajustou a fivela no primeiro furo.

– Mais cebola curtida, Vaccari.

– A roxa?

Bustamante ouviu daquele funcionário insignificante, cheio de pose, com a autoridade servil dos últimos escalões, compenetrado pelo chope e por uma ideologia mal passada, a *previsão* de Nina Sarno, uma cartomante de feira. Dentro de cinquenta anos, com a restauração da democracia e a tomada do dinheiro pelos ratos civis, o Brasil compraria dos Estados Unidos, e logo no Texas, *uma refinaria de petróleo*. Como conter a gargalhada? Bustamante não se conteve. Humilhou Vaccari com o riso dum barítono em cena aberta.

– A cebola roxa, Vaccari. A cebola roxa.

– Mas não seria subversão prever a queda do regime militar?

– Não por uma mendiga, Vaccari. Nada importa que os esfarrapados peçam uma democracia pelo amor de Deus. A criminalidade de políticos sempre aconteceu e sem isso o país não progride. Mas no Brasil tudo é subdesenvolvido, o dolo é escasso, as intenções são caseiras. Não creio que chegaremos a esse momento épico da corrupção, envolvendo ladrões eleitos e empresários ávidos. Nina Sarno não é uma subversiva. É uma cretina. *Brasileiros negociando uma refinaria de petróleo nos Estados Unidos...* Por favor, Vaccari, encha o caneco.

Aclamações no portão de ferro da Swift. O padre Manolo Arias Ruiz acabava de chegar no Packard de George William. Saindo, abençoou a todos, bois e homens.

– IX –

Ameaçou chuva desde manhã, com trovões que se perdiam nas montanhas. A tarde ainda estava longe da noite. Mesmo que despencasse uma tempestade, dessas de verão fecundo, nada ameaçaria o calor de Conchal. João Amaro Malacrida despediu-se com uma leve inclinação de cabeça. No corredor, viu de relance o Cara de Cavalo numa escrivaninha. Ele recortava laboriosamente folhas de jornal em retângulos que ia agrupando em maços homogêneos.

Malacrida desceu a escadaria de granito para chegar ao saguão. As arandelas liberavam uma luz fosca. Um aceno ao Tales, o minúsculo, e apoiou-se ao corrimão para enfrentar os degraus de pedra irregular até o jardim.

Iria ao Shoyama? Lá se preparava um suco de uva batido no liquidificador, denso e revigorante, escorrendo pelo copo a espuma rosada, ou magenta, como preferia Maria Alice. Iria ao Shoyama. A chuva que esperasse. Encurtou caminho pelas vielas da Praça Nove de Julho. Uma centelha desenhou entre as nuvens uma espinha de peixe.

Depois, inesperadamente cansado, ele tomou o rumo da Marcondes. Hesitou na esquina da Desbravador Ceará, um declive em curva até a Emílio Mori. Parou com o pretexto de observar uma acácia-imperial.

Uns pingos de chuva.

Ofegando, subiu os degraus que escavara na piçarra, e atijolara, revestindo de cimento. Acomodou-se na cadeira de palha trançada e limpou o suor. Malacrida fechou os olhos para rever Maria Alice e recuperar o cheiro do cachimbo.

Agora chovia. Maria Alice, ele falou. Eu vi o Luís Antônio. Ele está mais magro e com a barba de Jesus Cristo. A audiência foi adiada para março, dia doze. Seu aniversário, Maria Alice. Doze de março.

Chovia forte.

O Relógio

Uma tarde: o mês era julho: o ano não interessa. Sei também o dia da semana e do mês, e levantando o braço para puxar o cordel da campainha, vi a hora em meu relógio de pulso. Eu ia descer na esquina da farmácia. Porém, antes de me enfiar pelo corredor, esperei que alguns passageiros, já em pé, saíssem na frente. Parecia outra cidade, mas era apenas a Zona Norte de Santana Velha, um bairro movimentado, Santana do Rio Batalha, com oficinas, lojas, bares, hotéis, escritórios, dois cinemas e dois postos de gasolina. A chuva ia diminuindo. Os funcionários da Estrada de Ferro Noroeste do Brasil, alguns com a gola do paletó erguida, deixavam o casarão cinzento e seguiam apressadamente pela garoa, o guarda-chuva esticado. As gotas ganhavam corpo na ponta das varetas: após o que, balançadas, voavam num brilho metálico.

Pela janela do ônibus eu via nos rostos que passavam a presença de alguma coisa esquecida na sombra, no chão, e ali amadurecida pelo acaso. Nenhuma agilidade no olhar opaco. Examinei o relógio. Um cisco no mostrador?

Senti na nuca um hálito e alguém perguntou:
– Onde é a última parada?
– Seis quarteirões depois desse ponto.
– Seis? – ele admirava-se da exatidão. Acomodou-se no banco. – Ainda demora. Obrigado.

Afastando-se, ele me livrava do hálito morno. Não gosto de pessoas a quem a exatidão surpreende. Não vi o rosto e o timbre da voz me irritou: um som macio e sem idade, que eu imaginava formar-se numa garganta postiça e escorrer duma boca traiçoeira. Olhei atentamente o relógio.

O motorista recolhia os passes. Eu vestia o paletó grosso, axadrezado, com botões de couro. Já o pulôver de lã branca e a gravata de crochê eram imposições da moda na faculdade de direito. Dei corda ao relógio.

Sempre fui desajeitado. Ao saltar do ônibus, fiz estalar uma caixa de fósforos, na sarjeta, pisando de lado e comprometendo o equilíbrio. Acabei por esbarrar no braço dum servente da Estrada, desses que esvaziam cinzeiros e desinfetam lavatórios.

– Desculpe.
– Estúpido.
– Já pedi desculpa.
– Por que não olha onde pisa?
– Farei isso... – eu prometi, importunado. Pus um cigarro na boca. Pensei, o funcionário apenas democratizava as imprecações que recebia dos superiores. Furti-

vamente, sob a manga do paletó, espiei o mostrador do relógio.

    No colo dum homem magro, de macacão encardido, o menino agitou-se e riu. Deve ter rido de outra coisa, não de meu embaraço. Na parede, a água descorara os cartazes do circo, com o elefante num tambor. Apareceu um mulato vendendo sandálias e distribuindo uns folhetos religiosos.

    – Estamos no fim dos tempos. Voltem-se para Deus. Eis as últimas sandálias de couro cru.

    O relógio teria parado? Levei o pulso ao ouvido. Não. Ali o tempo arfava com ritmo, picotado pelas batidas da engrenagem. Tenaz, monstruoso, só ardilosamente submetido às minúsculas peças conjugadas, que como tudo e por causa dele tornariam ao pó, ele *passava*. O engraxate disse:

    – Uma?

    – Pode ser – respondi. – Mas depressa.

    – A pressa é inimiga do brilho.

Eu disse:

    – Nenhum brilho dura um lustro... – e tirei a almofada para me sentar sob o toldo. Primeiro a escova, depois uma dedada de graxa marrom, em seguida o trapo de flanela. Um corretor, de boné e cachecol, ofereceu passagem a uma senhora que entrou no ônibus sem expor os joelhos, mas nada podia contra o contorno do traseiro, épico e pujante. Subindo logo atrás, o boné enterrado entre as orelhas, o corretor assobiou para atiçar os cães da lascívia. Gritou para o fundo do bar:

    – Senhores do conselho.

No bar, ocupando o balcão, os senhores do conselho empinaram os copos. O ônibus partiu, soltando uma fumaça escura. Suspendi o punho do paletó e percorri com o indicador os números romanos do relógio. O cisco sumira.

– Pronto – o engraxate agradeceu com um aceno do pano o pagamento e a gorjeta.

Evitei o bar, não o pequeno café ao lado. Pondo a ficha no tampo de fórmica, observei a garoa esfarelar-se ao longo das figueiras e cintilar na fiação, onde uns pardais se inquietavam. Pedreiros, manchados de cal e tinta, trancavam a portinhola dum tapume. Na parede do café, entre as prateleiras e os espelhos, o calendário marcava o dia, a semana, o mês e o ano. Encostados ao pilar, ou acotovelando-se nas mesas, as caras de sempre marcavam o século e a era. O mostrador de meu relógio tem avisos coruscantes. Ou ciscos fosforescentes.

Empurrei a xícara e o açucareiro, tenso sem motivo aparente, fazendo a colher retinir na louça. Outra vez sob o toldo, agora as mãos nos bolsos. Talvez seja a humanidade um relógio parado, quando muito atrasado em face dos enigmas opressores que corroem o nosso entendimento. O camarada magro, do macacão e do menino ao colo, saiu da farmácia e entrou no açougue perto do café. Queria bifes de fígado. Não consegui ver as horas em meu relógio. Um negrinho vendia jornais velhos ao açougueiro. O que existe por trás da garoa? Ao soar, o que as buzinas do trânsito encobrem?

O açougueiro ajustava na balança uma braçada de notícias usadas. Amontoou-as depois sobre uma esteira e jogou em cima da pilha um avental ensanguentado. Essencialmente, ninguém precisa de nome, ou mesmo identidade. A arrogância criou o indivíduo e o fezególatra. *Nossa identidade serve aos outros, e apenas numa circunstância específica.* Senhores do conselho, escrevo um conto com personagens sem nome. Se ninguém me convoca para um ato humano, de que serve o meu nome?

– Fígado.

Veio um cachorro e deitou-se na soleira. O menino, escorregando do colo para a perna, e daí ao ladrilho do piso, olhou fascinado o cachorro.

– Três bifes.

Apertando o relógio contra o ouvido, eu escutava o sangue dos jornais velhos, e de manuscritos renegados, um soldado marchava pelo mostrador incandescente, eu sentia o estalar de meus ossos no paredão, minha barba crescia de medo e me envergonhava pela recordação do arrojo e da audácia que perdi ao proferir o Sermão da Montanha, mais o latejar nas veias suicidas enquanto Petrônio lia um poema de Leminski para o presidente da república sul-americana que polindo as unhas diante do exército dizia: "Eu sou inocente do sangue deste justo..." A multidão levantou-se no estádio: "Gol..." Desci do Sinai com as Tábuas da Lei e fui preso por porte de entorpecentes. Só se viam os fuzis e as baionetas faiscando numa cortina de fumo negro após a explosão da granada, o telhado vindo abaixo num estouro de caliça e fogo, fragor e fúria, e empapando o lençol para que o sangue não se perdesse uma mulher ergueu a bandeira com o rosto de Cristo.

O vozerio: "Caia o seu sangue sobre nós e sobre os nossos filhos..." No seu discurso de posse Barrabás disse: "Sempre acreditei no sistema da eleição direta..." Porém, o falso profeta replicou: "Em que cartório estão as Sagradas Escrituras?" E exigiu que o governo fizesse distribuir ao povo, em tanques de guerra – perto das fontes luminosas e dos coretos – incenso, ouro e mirra. O direito pretoriano estatuiu: "Só com firma reconhecida aceitam-se como prova as cartas anônimas."

O servidor do poder grego, delicado e quase nu ao entardecer, oferecendo a Sócrates o cálice de cicuta, perguntou se o filósofo não preferia com limão e mel. O soldado que matou Arquimedes limpou num trapo de linho o fio da espada. O centurião romano usou a lança contra mais um Deus que morria. Tumulto na Praça da Sé. Queima de estoque. Olhai não só os lírios do campo, mas também os cascos ferrados da cavalaria. Naquela noite, os soldados de Herodes voltaram para casa e dormiram com eunucos, pois as mulheres menstruavam de pavor, e na verdade, senhores do conselho, uma geração vai, outra vem, e o sangue permanece o mesmo. O sangue é a nossa alma imortal.

O tenente ordenou: "Fogo..." Os rifles dispararam. Assim morreu Garcia Lorca. O objeto de todas as ditaduras, não importam o tempo e a circunstância, é assassinar Federico Garcia Lorca. "Fogo..." E pelos paredões do mundo o sangue se espalhava no avental duro e ferruginoso do açougueiro. Não. Eu não quero fígado. De que vale o fígado sem abutre? O herói moderno é um Prometeu sem fígado e sem abutre. Eu olhava o relógio.

O açougueiro embrulhou o fígado. O camarada magro, de macacão sujo, atravessou a avenida com o menino. Duma janela saiu a voz de Gigli cantando a *Ave Maria* em latim e relembrando que no momento do *Angelus* a sopa fervia em honestos caldeirões.

Reconheci o jipe Willys da fazenda com o meu pai ao volante e o capataz. Odeio meu pai, ou estarei exagerando na leitura de Kafka? Dostoievski? Voltei rapidamente ao café. Ninguém me chamará de vadio neste fim de tarde. Sentando-me a uma mesa de canto, pedi conhaque, a bebida de Edgard Allan Poe. As colunas, empastilhadas num tom verde-malva, isolavam-me da avenida e de meu pai. Nas prateleiras, do chão ao forro, as garrafas se exibiam com rótulos e emblemas. O garçom trouxe a bandeja. Só?

Eu fumava. A luz resvalou no cálice bojudo como um dedo toca numa tecla e arrebata um som, ou outra luz. Bastante gente na cerimônia do aperitivo: a risada gregoriana: um palavrão angélico. Pelos espelhos eu via quase todo o café, mesmo além das colunas. No ar, saindo da vitrola numa onda abafada e macia, um saxofone me perdoava. Os ventiladores parados. Erguendo o cálice, encostei o vidro frio nos lábios, o conhaque dourava-me a palma da mão.

Atrás de mim, acomodados numa mesa dos fundos, dois camaradas falavam alto. Ainda sem vê-los, eu me divertia em surpreender na expressão de cada voz, separadamente, o caráter de ambos. Quem não se permite de vez em quando alguma irrelevância? Não sei quando chegaram. De repente, estavam ali, faziam um espalhafato jovial. Notei que os pés duma cadeira, com proteção de borracha, foram arrastados no piso. Alguma coisa caiu no chão. Um jogou a capa molhada contra o gancho da parede, cobrindo parte do espelho.

Alvoroçado, o outro disse:

– Onde você estava com a cabeça?

– Sempre acima dos ombros.

– Isso não se faz – e livrou-se dum riso salivoso. – Não acredito que você estivesse no seu juízo perfeito.

– Por acaso, existe juízo imperfeito? Qualquer dúvida sobre a minha sanidade me desgosta e me ofende.

Passaram ao cochicho e eu os reconheci: acadêmicos de direito do quinto ano: apoiavam os cotovelos num *Vade Mecum* e em sebosas apostilas: um deles usava colete e gravata borboleta. Era este o interrogador excitado.

– A mulher percebeu?

– Claro. A única ambição da mulher é perceber tudo.

– Quero ver o resultado dessa loucura.

– Na hipótese, meu caro, a loucura atrai a loucura na razão inversa da lucidez.

– Isso faz sentido?

– Espero que não.

O estudante, já estagiário e com alguma experiência de Fórum, olhou com tolerância a gravata borboleta do colega. Acenou para o garçom. Depois, calmo e atrevido, limpou no lenço o mostrador de seu relógio.

– Ilustrado oponente. O direito penal não me acusa, ao contrário, me socorre. *In extremis*, citarei Carnellutti antes da cerveja. Estavam presentes todos os pressupostos do *estado de necessidade*.

Não ouvi o que o outro respondeu. Veio o garçom. Ao aproximar de mim a ronda solícita, pedi mais um conhaque e um maço de cigarros. Os veteranos quiseram cerveja preta e azeitonas verdes. Observei que o quintanista de colete e gravata borboleta se traía por uma admiração nervosa. O garçom depositou o cálice na minha mesa com a mão esquerda, exibindo um relógio de aparatosa pulseira. Perfilou-se. Nada para beliscar? Com os dentes apertados, lembrei:

– Os cigarros.

– Desculpe... – afastou-se e voltou logo em seguida com o maço. Acertei o meu relógio pelo do garçom. Aquela pulseira afastava qualquer dúvida sobre a hora. O inquisidor enfiou os polegares nas cavas do colete e assumiu o comando da conversa:

– O que esperar dum lombrosiano como você?

– Não me classifique entre os missionários.

– Um burguês, que além de ser, representa.

– Por favor. Eu apenas não perco os prazos.

– Você se alegra quando o tomam por cético. E chega diretamente ao orgasmo, sem baldeação, se o chamam de cínico ou iconoclasta. Não sente dor. Nem remorso. O que esconde a sua testa fugidia?

– As lembranças do penúltimo orgasmo. Isso nem chega perto do que você pensa. *Orgasmo* é apenas a sigla de *organização social moderna*.

Alguém pegou a capa molhada. Houve um farfalhar do impermeável, como se o amarrotassem.

– Peço um aparte. Devo buscar o aconchego entre as carmelitas descalças?

— Veado.

— Proponho o retorno ao decoro forense. A influência do egrégio doutorando, de *red necktie* e banhas contidas no colete, não é tão contagiante.

Preencheram o intervalo emborcando os canecos de louça com o brasão da casa.

Devagar, alguma coisa me oprimindo, eu engolia a fumaça e o conhaque. Antes de reconhecê-lo numa das colunas espelhadas, senti a presença de meu pai pelo arrepio na nuca. Não me voltei. Ele tomava café no balcão, dominava com o gesto largo um grupo de negociantes, talvez os cerealistas da Rua Rio Branco.

— Vejamos – disse o inquisidor. – A situação comporta um exame lúcido. Que atitude se recomenda ao homem diante do mundo ou do bar, diante da humanidade ou dos bêbados? Trata-se de mera proporção. Um tanto arbitrária. Mas, entre bêbados, quem reclamaria do arbítrio?

— Abaixo do Equador, o arbítrio sempre fez parte dos bons costumes. O colega me acompanha em outra rodada?

Inteligentes. Ao redor, o vozerio e o sax. Começava a detestá-los: rapazes de cara lisa e estômago sutil, desses que sem falha ou escrúpulo embolsam a mesada do velho. No balcão, mais por princípio do que por prazer, um imperador alto e rouco, meu pai gritava com os súditos. Não comigo. Pago com as minhas aulas este conhaque. Fui levantando o cálice contra a luz e os caprichos da fumaça, bem à altura dos olhos, e na transparência que a minha mão afagava, brilhou o sangue ambarino. Os vizinhos de mesa, os egrégios do quinto ano, agora eu os estudava com frieza lombrosiana, vestiam-se com um caro desleixo e tinham os cabelos úmidos, amontoados na nuca e nas orelhas. Podiam consultar na biblioteca do avô a culinária de Nabuco. Inteligentes. Talvez escrevessem um dia, *Como Requerer Perante O Juízo* Cível. Inquietos. Antes que a barriga engrossasse sob a fivela e as cambraias, acabariam na burocracia secular ou na capitania duma empresa privada de capital público. Um deles disse:

– Vamos. Contrarie os seus hábitos e pense.

Pensar. Não me custava apagá-los da consciência. Fora do alcance de meus sentidos, os egrégios não existiam e eu não precisava odiá-los. Detive-me na melodia do sax. O cálice faiscava junto a meus lábios. "E tomando o cálice, deu graças..." Era um sax-tenor, nítido e amargo, que deslizava por entre as cordas. "Bebei. Isto é o meu sangue..." O sangue passava, como o tempo, de copo em copo. "Afastai de mim este cálice..." Ia passando de corpo em corpo. Eu bebia.

Olhei o homem gordo que tomava goles de *Grant's*. O rosto inchava sobre a lapela do capote, amolecendo o perfil onde o olho empapuçado punha no ar, vagamente, o seu brilho vidrado. Tinha as unhas cor de osso, grossas e foscas. As mãos, calcinadas pela velhice, pareciam prestes a desmaiar. Contudo, antes, um pouco antes, o homem gordo estivera ao colo de seu pai, e escorregando do pescoço para a perna, acariciara a cabeça dum cachorro que também menino viera e se deitara no ladrilho do piso, perto dele, entendendo-se ambos pelos olhos límpidos. Depois, porque morrera o cachorro, o rapaz magro se distraiu numa noite, bebeu *Grant's* e rolou com a vaca-virgem na cama dum hotel. Constituída a família, apodrecendo sob a roupa e a caminho da morte, o homem gordo tomava *Grant's*.

Agora, eu andava pela rua. A garoa semelhava o suor da escuridão. Erguendo os braços contra a parede, para arranhá-la até que dos dedos vertesse sangue, eu não via a parede, mas o mostrador do relógio. A escuridão me chamava entre os números fosforescentes.

Entrevista com Malavolta Casadei*

– I –

O que leva um velho escritor a entreter-se com os rascunhos de sua juventude? A regressão literária, esse risco que pode ser infame, encontra alguma justificativa fora da psicopatologia? Isso não seria gostar demais de si mesmo? Você acredita na possibilidade de que o leitor de hoje, envolvido com os espinhos da modernidade, venha a interessar-se pelos acidentes arqueológicos de sua arte?

A juventude ou a velhice dum escritor é a página em branco. Tenha ele vinte ou oitenta anos, jamais estaria à altura de sua vocação se a página em branco não fosse o retrato e o registro de sua atemporalidade.

Portanto, não há regressão literária. Não se confunde regressão com releitura e recomposição. A revisão não depende do tempo da matéria a ser revista. Por que a busca da simetria ou da adequação, na estilística ou na vitalidade do conteúdo, em literatura, seria um exercício mórbido? Seriamente, o que a psicopatologia tem a ver com isso?

Eu não gosto demais de mim mesmo. Mas não me detesto. Olhar no espelho não me provoca náuseas. Não sou filiado a nenhum partido político e ninguém me considera um criminoso. Não transporto anéis, relógios, celulares, dólares nos fundilhos ou tornozeleiras eletrônicas. Quando confiro os meus textos, não estou contabilizando notas fiscais de negócios simulados com cafajestes. Jamais o meu nome seria cogitado para ministro da Casa Civil. Ou Minas e Energia.

Não é uma bênção?

Agora, nem sempre a mordacidade é uma bênção. Muitas vezes esse avesso áspero do espírito encobre as falhas duma inteligência precária. Onde e como localizar os *acidentes arqueológicos* da arte, em geral, e da minha, em particular?

Inteligência é percepção consciente.

Um ensaísta que se domine e controle os critérios de sua abordagem, sem os apelos da ironia fácil, sabe reconhecer logo os escritores que se tornaram *museus de si próprios*. O que é a revisão de textos, pelo autor, senão o esforço de evitar ou remover os acidentes arqueológicos do trajeto?

Por acaso, disfarço a realidade com um romantismo torpe? Minha linguagem é quinhentista? Sou um ilusionista? Ou partidário da mera evasão?

Nunca. Eu também estou envolvido com os espinhos da modernidade.

– II-

Você viu azedume onde não houve nem mesmo a quebra da cordialidade sem a qual a entrevista não existe. Relaxemos. Contudo, graças a seu recado, quase à beira da irritação, verifico que o romantismo, a forma quinhentista, o recurso da ilusão e o mero entretenimento nunca fizeram parte da arqueologia que você excluiu da revisão de seus textos. Estou certo?

Eu estou certo de não ter excluído nenhum artefato de museu. Posso até ter retirado do texto coisa pior. Na versão de 1973, do conto *A Última Viagem do Escriturário Matias*, por exemplo, depois do acerto de contas com Teresa, Matias fecha-a no quarto, à chave, e sai com a bagagem de mão, rumo à Estação Rodoviária. Porém, a velha Zuleica, já imersa nos desaforos da decadência, e incapaz de sair sozinha da cadeira austríaca, estende os braços para Matias. Por que o rapaz trancou Teresa no quarto? Nem ele sabe. E deixa a chave na mão de Zuleica.

Essa conduta não tem justificativa clara, mesmo ante a confusão de sentimentos que instabilizava a personagem. Não tem sentido. Isso me parece pior do que a *arqueologia* que você sugere na pergunta. Excluí na revisão.

Não sou escritor de entretenimento. Não alimento as ilusões humanas. Minha linguagem sempre se aproximou da conversa casual, desde os primeiros textos e, absolutamente, sempre deplorei o romantismo torpe.

– III –

Você não estaria cometendo um exagero? Por que torpe? Eça de Queirós escreveu *Prosas Bárbaras*. Machado de Assis tem páginas românticas não só na poesia. Por que rotular de torpe um movimento que reúne em si a rotação para o seu contrário?

Vou tentar ser o advogado de defesa de meu adjetivo. O romantismo é um *temperamento* antes de ser a afirmação de princípios duma escola. Não tenho nada contra as novelas de Alencar, que aliás era leitor de Balzac. O *temperamento* de Alencar o impediu de absorver a influência de Balzac.

Desloque-se o romantismo de seu contexto para os tempos de hoje. Estamos no começo do século xxi. No Brasil, descobriu-se que o partido político do governo tarifou o apoio de outros partidos, no Legislativo, e vinha pagando a adesão das bancadas para que os projetos de lei – situacionistas – não corressem o risco de engavetamento sumário. *Um acordo entre crápulas*. Descobertos, um fugiu para a Itália, outro para o túmulo, um produziu poemas carcerários e alguns reinventam a turva memória de sua inocência em prisão domiciliar. O fato entrou para a história com o nome de *mensalada*, prefiro dizer assim. Nenhuma propina merece um aumentativo, ainda que seja *contratual* e periódica.

Diante disso, que não é tudo, pois estamos em 2015 e a corrupção passou a ser um tema de *economia especulativa* e só remotamente de direito penal, como não chamar de torpe o romantismo que é também tolo e evasivo? Ocultar a realidade atrás de suspiros e tormentos estéticos é sórdido.

Ou você prefere adjetivos mais amenos?

– IV –

A filosofia se divide em lógica, psicologia, moral, ética, estética, política... Você não acha que o excesso de política na sua literatura avilta a estética pela redução de seu âmbito? Já não se aceita a diferença entre o realismo e a sociologia?

A filosofia não se divide, ao contrário, ela reúne os critérios de conhecimento e apreensão do mundo que são a lógica, a psicologia, a moral, a estética, a política... Vemos o mundo através dessas perspectivas. Mas você falou de excesso.

Eu gostaria que um excesso de moral, medido pela estética, destruísse o modelo de política que descaradamente, hoje, deprime e ofende os indivíduos cuja natureza os torna incapazes de falsificar um contrato e manter contas secretas na Europa.

A literatura não se encontra entre as ciências sociais. Toda arte é criação e não pesquisa de campo ou de laboratório. Mas o naturalismo do século XXI, que não é o de Zola, propõe uma ampliação do realismo para que o homem seja visto por todos os ângulos, ou critérios, ou as perspectivas que a estética reconhecer.

Não é o que fez Clarice? Não é o que ainda fazem Trevisan, Fonseca, Vilela, Loyola?

Não é o que fez o realismo mágico de Gabriel, Llosa, Cortázar, Borges? A partir do realismo, ampliá-lo com os excessos da lucidez ou da magia?

O que dizer dos excessos de elaboração estética em Guimarães Rosa? E das reflexões circulares dum precursor de gênio, Machado de Assis, em *Memórias Póstumas de Brás Cubas*, livro de 1881?

– V –

Bom. Deixemos para depois os questionamentos insolúveis. Concentremos nosso exame na personagem Nina Sarno. Não tenho dúvida de que essa mulher, cartomante de feira e mendiga, sobrevivendo através da credulidade disponível, é produto duma falsificação literária: o único modo que você julgou satisfatório de unir, pelas previsões duma analfabeta, o passado de seus contos e o futuro que o analisa. Não vejo nada de engenhoso nessa criatura. Creio que mesmo você, um sofista, não vai conseguir contornar a acusação de artificialismo que compromete a personagem. Perceba a inviabilidade, ou o ridículo, duma ignorante que discursa como um professor de Cambridge: "Esses homens mudarão o conceito de criminalidade. Queimarão o código penal em praça pública. O bom senso reconhecerá enfim que a sociedade só cresce e se civiliza pelo delito intrínseco de cada um de seus cafajestes..."

Espere. Contenha-se. Concordo com o texto e não tenho nada contra os apartes universitários. Mas confundir Conchal com Cambridge faz algum sentido na sua mente de naturalista do século XXI?

Falsificação... Artificialismo...
Conheci pessoalmente Nina Sarno na Feira da Praça Gorga, não me lembro do ano. Ela tomou o meu pulso e previu soturnamente que em 2015 eu daria esta entrevista. Avisou que você falaria algumas bobagens.

Em literatura, mesmo a realista, só os fatos não são o bastante. A arte cobra do escritor o *excesso* estético. A natureza do *excesso* é que definirá as tendências da criação literária: romântica, simbolista, naturalista... Como se constrói uma personagem? *Tira-se da realidade o modelo externo. Depois ele é reconstruído por dentro. A partir dessa fase a criatura serve aos desígnios do criador. O contista pode fazê-la falar e se comportar como Aristóteles ou Cornélio Pires, desde que se mantenha fiel à verdade essencial da personagem.*

Já é tempo de você, como ensaísta e crítico severo, aprender a discernir entre a verdade essencial da criatura e *a verdade formal* do criador. Nina Sarno tem coerência não só na realidade, também nos contos onde ela aparece como ficção. Eu me encontrei com ela outras vezes, em Conchal. Na última consulta a *sensitiva* não conseguiu incorporar o Preto Velho. O que teria acontecido? Arrufos espirituais? Charutos vencidos? Maquinações do demônio? Não. Explicou Nina com toda a candura de sua ignorância culta: o Preto Velho estava na ONU, Organização das Nações Unidas, cheio de trabalho, dando assistência diplomática e política aos representantes dos países que, sem o seu conselho, entrariam em conflito.

Não me interrompa.

Você me chamou de sofista? Claro que sou. Todo escritor é sofista. Imagine um romance com dez personagens. Se o criador não fosse um sofista, e supondo-se que as dez criaturas sejam *diferentes* entre si, como conciliar na narrativa os diversos antagonismos? Um bom romance equilibra, de página a página, as contradições de suas personagens. É o que deve estar fazendo o Preto Velho na ONU.

Por que você não o entrevista?

– VI –

Nina Sarno existe? Você existe? Eu existo? Qual o sentido da literatura no mundo atual? Na hipótese de ainda existirmos, apesar do absurdo transeunte, é possível crer-se numa arte de compromisso? Como se sustenta essa crença quando somos educados para a evasão?

Acho que vou aceitar o vinho que você me ofereceu. Também o queijo. Talvez as azeitonas pretas se não estiverem tão salgadas. Não me mostre o rótulo. Quem sabe eu reconheça a origem do tinto. Mãe Nininha ainda vive em Conchal. Além das consultas, faz costuras para fora e vende compotas de pera. Por isso ela coleciona vidros vazios de pupunha.

Não vou negar a minha vida aos oitenta anos. Inútil exercício. Não tenho do que me arrepender. Oitenta anos não abalam o universo, nada significam, embora sejam suficientes para transformar um homem na sua carcaça. Se não neguei antes, por que negaria agora se, rigorosamente, nada se alterou nas motivações da existência? Não somos os engenheiros ou construtores deste mundo de idiotas e criminosos.

O vinho é do Douro. Sei pela densidade, pelo brilho da cor que escapa do cristal para a visão e o olfato, e fica na garganta como um travo, uma recordação do vinhedo profundo e imóvel. Um vinho que não embriaga, apenas enternece e nos convoca para a memória daquilo que inventamos sem viver.

Isto não faz sentido? Tanto melhor, ensaísta. Saúde e vida longa...

A literatura faz sentido. Sempre fez, e hoje mais do que nunca, na exata proporção com que nos estarrecemos. *O homem moderno é o homem estarrecido*. Leio dois jornais por dia e duas revistas semanais. Um governador brasileiro dos tempos da ditadura militar, portanto biônico em política e nulo em ética, foi preso no mês passado em Zurique, Suíça, por agentes federais que cumpriam diligência em nome da justiça americana. O caso envolvia suborno, corrupção, fraude, extorsões continuadas, tudo de interesse do FBI. Tem mais de oitenta anos o ilustre rapinante. Interrompido o sono nem bem invadia a manhã as vidraças do Hotel Baur au Lac, os cabelos ainda não tingidos e as urgências abrindo caminho aos sopros pelo baixo-ventre, o hálito porcino, não escondeu o patriota a surpresa, bem como a impiedade da detenção: "Mas, só eu? E os outros?"

Um de cada vez, tontos de sono e descrença, foram chegando os outros, detidos vergonhosamente e encaminhados para as viaturas sob a proteção duma parede de lençóis, na calçada, entre os carros e a fachada do Baur au Lac. Solícitos, tão gentis, os porteiros ocultavam aqueles hóspedes para não comprometer o hotel. Esse, o destino dos serviçais: esticar os lençóis, também na vertical.

Que corja inesperada... Que ladrões interessantes... Se a ocasião faz o larápio, o político faz a ocasião. Na rua, ainda indecisa a madrugada, podiam ver os Alpes. Hábito do nobre governador, só escrevia a contabilidade em guardanapos de papel. Manias... Por que não tê-las? Outro ladrão, em maus lençóis e também brasileiro, tropeçando ao lado do governador, tinha medo da cor preta e jamais simulava um contrato nos meses de abril, agosto e dezembro. Recorri, pela memória, à sabedoria de Nina Sarno. "Não fechar nenhum negócio nos meses cujo número é quatro ou múltiplo de quatro..."

Nesses meses o crápula dava uma folga à legislação criminal do mundo.

Portanto, hoje, talvez mais do que ontem, destina-se a literatura ao registro de nosso estarrecimento. A aceitação desse destino pelos escritores comprova que também estamos vivos, eu e você.

Somos *educados* para a evasão? Conexões obtusas? Telefonia móvel? Desprestígio da cultura? Sentimentalismo ardiloso? Consumismo estúpido? Orgias políticas? Fraudes visuais? Pornografia administrada? Algemas sociais?

Somos. Genericamente, somos. Mas pertencemos ao grupo da *resistência desarmada*. Nada nos obriga a seguir os inconscientes. Somos os iconoclastas desse delírio. E o futuro a Nina Sarno pertence.

Encha a minha taça, ensaísta.

– VII –

Que eu seja um pessimista é fácil de compreender. Aqui está a minha bengala borgiana que me suporta há tanto tempo e acompanhou longo trajeto de meus desastres pessoais. Mas você, que nunca precisou sair do Brasil a não ser para divagações turísticas, logo você que só conhece os humilhados e os ofendidos através da literatura russa, e que reconhece o vinho do Douro sem ver o rótulo, explique a razão de seu pessimismo. Aprecio a sua ficção. Nem tudo é desprezível no seu texto. Porém, às vezes, você é escabroso e parece gostar disso. Estarei errado?

Estas azeitonas não têm caroço. Mas você tem. Não perco a paciência com quem, apoiando a barba no castão da bengala, vê o mundo girar ao redor e reconhece nele o *absurdo transeunte*. Considere-me desprezível. Eu o desculpo, velho amigo. Conheço os humilhados e os ofendidos *também* pela literatura russa.

O tema é o pessimismo?

Esse estado de espírito nunca foi o pior dos males. Mórbido e indesculpável é o otimismo diante do mundo que se impõe a nossos olhos indignados. O pessimismo é contingente. Só se é pessimista caso a caso. O otimista, resoluto e radical, só pode ser tartamudo de raciocínio e manco de percepção.

Como escritor, busco fugir ao óbvio. Mas, hoje, no Brasil, o óbvio se confunde com o escabroso: não deve ser evitado e muito menos disfarçado. Se eu gosto ou não, isso importa?

Os hóspedes do hotel suíço por acaso se importam? Não precisaram *sair da vida para entrar na história*, como Vargas. Apenas saíram da cama para entrar na cadeia. O que o *absurdo transeunte* reserva a eles?

Bom. Já que você cobra de mim pelo menos algumas amenidades, falemos de Barbie. Ou antes, falemos de Ken, o namorado de Barbie. O sonho da burguesia, depois que se livrou do trabalho e solidificou o capital, é *reconstituir em si mesma*, com os seus bancos e empreiteiras, o que pensa ser a aristocracia, o enfado elegante, a negligência irreverente, a imprudência heroica e sem suor. Daí a comoção pela vinda ao mundo de mais uma princesa do Reino Unido. No Brasil, os escândalos que cheiravam a petróleo perderam espaço no noticiário da TV. *A nobreza da audiência obrigava a tanto.*

A publicidade, atenta aos rendimentos que os sonhos podem fornecer, criou para o mercado a boneca Barbie. Uma boneca de expressão alvar, porém loira, levemente anglófila, remotamente princesa, com peças de roupa para substituir. Nada que remetesse a Shakespeare. Mas remetia a Ken, que logo apareceu como a versão masculina de Barbie. O mercado exultou.

No Brasil, sempre o Brasil, um menino da cidade mineira de Araxá também exultou. De repente, ele surgia na tela das celebridades como o Ken humano, de beleza anódina e estática. Seu nome: Celso Borges, e ele se educou diante dos espelhos e do aplauso. Parecia um príncipe inglês, embora Ricardo III também tivesse sido um príncipe inglês.

Celso submeteu-se a uma primeira cirurgia plástica aos dezoito anos. Seu propósito, aplaudido pela família, era converter-se num boneco, o namorado da Barbie, sem rugas, sem a sombra do pessimismo vulgar, sem os vincos da vida irritante e precária. Queria a fama e a conseguiu. Frequentava os eventos como um boneco e recebia um bom dinheiro por isso. Não precisava simular contratos. *Admirado pela perda de sua humanidade*, bonito, insosso e vazio, morreu aos vinte anos, de leucemia. Um Pinóquio ao contrário, uma Emília ao contrário, Celso Borges sacrificou por nada o segmento de humanidade que lhe cabia: trocou-o pela sedução astuciosa da fama.

Tento refletir com isenção sobre o significado dessa tragédia. Somos uma geração de bonecos que a vadiagem esvaziou e a estupidez preencheu?

Não gosto disso, ensaísta.

– VIII –

Acalme-se, Malavolta.

Esse Celso Borges não foi o único no mundo. Mais de uma dezena de Kens tivemos que suportar pelo planeta. Nem todos se submeteram a cirurgias de embonecamento. Pastas, ceras e óleos cumprem idêntica função publicitária. Não derrame em vão o ácido de suas decepções.

Mudemos de tema.

Esta é uma reedição de *Os Gringos*. Sobrou algo do texto de 1973? Você o ofereceria à digna presidente de nossa República? Tenho outra garrafa na geladeira deste templo. Peço?

Mande trazer a garrafa.

Machado de Assis publicou *Ressurreição* em 1872 e reeditou o romance em 1905 com esta advertência: "Não lhe altero a composição nem o estilo, apenas troco dois ou três vocábulos..."

Não segui o mestre. Alterei tudo sem trair o espírito dos anos setenta. Na recomposição, porém, acrescentei um bando de trapaceiros para ser fiel a 2015.

Não ofereceria *Os Gringos* à presidente. Antes, com a onda de protestos que expõe a risco o seu equilíbrio e aprumo na bicicleta, recomendaria a ela a compra dos sessenta volumes da *Enciclopédia Britânica*. Não para ler e sim para armar uma trincheira.

★

Na primeira semana de junho de 2015, em dois dias, dei essa entrevista a Amauri Di Credo no Gran Café Tortoni, de Buenos Aires. A matéria gravada, provavelmente o triplo da que constitui o texto, consumiu quinze horas e três garrafas dum vinho do Douro, Quinta da Mieira, além do argentino Zuccardi, mais três botelhas *de un intenso color púrpura y una explosión de aromas de grosella negra y ciruela.*

Mas o que era isso diante da explosão de palavras? Amauri Di Credo, periodista que poucos conhecem no Brasil, nasceu em São Paulo e aclimatou-se aos hábitos portenhos. Aos oitenta e cinco anos mantém uma coluna em *La Nación* e interesses no setor editorial. Sua voz, pausada e mansa, não esconde a ferocidade de sua crítica, onde nada fica reticente ou supérfluo. Ele nasceu com a Revolução de 1930.

Entusiasta de *O Continente*, de Erico Verissimo, a geografia de seus ensaios elimina as fronteiras do Uruguai, da Argentina, do Chile e do Rio Grande do Sul. Quase morreu nos cascos da ditadura militar, e o episódio, que o levou a adotar uma bengala, ensinou-o a desconsiderar fronteiras.

A conversa no Tortoni, ampla e mais amistosa do que poderia parecer, evocando nos espelhos a sombra de Jorge Luiz Borges, interrompia-se para o tinto, depois o café, mas essas pausas criavam o enigma dum silêncio que só o mestre, cego e distante, saberia ver e interpretar. Não se falava alto, nem se fumava ali, nada de sacrilégios no *templo*. Meu amigo ensaísta chamava o Tortoni de *templo*.

Entretanto, não se evitou o Caso Alberto Nisman. A quem interessaria o seu desaparecimento da cena argentina? Assassinato? Suicídio? Amauri Di Credo morava em Puerto Madero. Era vizinho do promotor. Entre um gole e outro, e sob suspeita os peritos criminais, cujos erros beiraram a grosseria, decidimos que com esses amadores não seria possível um bom conto policial. O mistério nunca abalaria Bustos Domecq. Ou Isidro Parodi.

Mais proveitosa foi a visita de Cristina Kirchner a Roma. Entre os diversos obséquios, ela presenteou o papa com uma cesta de produtos argentinos e recebeu dele uma imagem de Nossa Senhora da Ternura. Seria preciso regredir ao século XI para se conhecer os percalços gloriosos da santa. Isso não justificaria um tango, admitimos.

Também Amauri Di Credo teve os seus percalços. Trechos de sua biografia não só chamariam a atenção, mais do que isto, motivariam o entusiasmo de algum cineasta, do Brasil ou da Argentina, ou de ambos numa produção conjunta. Eu escalaria Ricardo Darín para o papel e a direção do filme. O roteiro ficaria por minha conta.

Cinco anos mais velho do que eu, e já de barba preta, Ricardo Darín ou Amauri Di Credo era da primeira turma da Instituição Toledo de Ensino, curso de bacharelado, de Santana Velha. Foi vice-presidente do Centro Acadêmico e diretor do mensário *O Meridiano*, dos estudantes de direito. Generoso, nunca se opôs à divulgação de meus poemas e crônicas. Tinha a fama de stalinista, tanto que recomendava a fé e o machado de Ramón Mercáder aos tímidos; e a psicopatia de Béria aos hesitantes.

Grande orador, ele explodia os seus discursos até em bordel, imprecações rimadas em mesa de bar e teses políticas na cama de nossas colegas, não todas, só as que ainda não tinham lido Feuerbach. E comovia a todos, pela manhã, com a *oração ao hasteamento da bandeira*, no pátio interno da faculdade.

Foi preso, fiquei sabendo depois, e torturado pela repressão em São Paulo. Talvez, 1971 ou 1972. Só sei que o episódio aconteceu antes da morte de Herzog.

"Tive a honra de ser esmurrado no crâneo e no olho esquerdo pelo delegado Fleury", anotou Di Credo num ensaio histórico. "Era noite, eu ouvia gritos de homens e mulheres e nos jogaram numa c-14 que não tinha os bancos traseiros..."

Passaram a noite na viatura, algemados. Morriam de frio e medo. Os militares esperaram chegar a madrugada de sábado para a viagem ao Rio. Ali, eram quatro os detidos, todos de cabeça baixa e fechados em si mesmos. Tudo era motivo para socos ou palavrões. Outro grupo de prisioneiros entrou na carroceria dum caminhão do Exército, com cobertura de lona. Di Credo, com o olho direito, percebeu que as algemas eram belgas. Temeu que lhe escapasse um riso nervoso. Chovia muito, a manhã continuava noturna, mas o soldado que dirigia a c-14 era habilidoso e calmo, parecendo conhecer a Dutra como ninguém.

O destino não era o Rio. Era um bairro de Petrópolis. Estacionaram num posto de gasolina até que a tempestade descarregasse a sua raiva. Um guerrilheiro, muito jovem, vomitou de pavor uma baba viscosa e convulsa. Começou a chorar. Indiferente, o Redentor ocultava-se no nevoeiro. A viatura seguiu, rangendo, em busca do Dedo de Deus.

De repente, um trânsito hostil, gritos na escuridão da serra, sirenas varando a chuva...

...e desmoronamento nos morros. Casebres vieram

abaixo. O asfalto se desfez e a perua afundou lateralmente, sem tombar. O soldado desligou o motor. Os outros, um deles muito corpulento, contorceram-se para deixar a viatura. Viu Di Credo que o propósito dos militares era trancar os detidos no carro e de algum modo atuar naquela emergência. Fizeram isso com uma presteza autoritária e eficiente.

"Não tentem fugir... Nuca de comunista atrai bala de pistola 45..."

"Não saiam daí, porcos..."

"Só precisamos de *um* motivo..."

"Malditos, entenderam?"

Seguiu-se um ósculo de coronha na testa do mais próximo.

Correram para as cabinas do pedágio, já convertidas em pontos de atendimento a feridos. Di Credo não pensou duas vezes. Como o motorista tivesse ficado para trás, desnorteado com o desastre, estendeu os braços para ele, pela porta ainda aberta, e propôs:

"Soldado, eu também quero ajudar... Seja razoável e me liberte... Não vou sair de sua vista..."

"Não tenho confiança em guerrilheiro..."

"Não sou guerrilheiro. Tenha confiança na sua arma e me deixe ajudar..."

"Todos dizem isso..."

"Nem todos ajudam, soldado..."

Hesitando, porém com a chave das algemas na mão, ele permitiu a Di Credo que viesse devagar, trancafiando os outros na perua. Anos depois, perante a Comissão da Verdade, meu amigo recordou:

"Mortos rolavam dos barrancos e afundavam numa vegetação crespa. Jamais pensei que o mundo, dentro da noite perversa, pudesse revelar tão facilmente os detritos de que era composto..."

O minimalismo poético daquela expressão, *dentro da noite perversa*, classificou o desastre. O soldado e o comunista logo se atiraram a uma luta angustiada contra a desordem, o desespero anônimo e o medo que sitiava a todos e impunha, em nome da sobrevivência, um egoísmo latejante, estéril, sujo e muito humano.

Carregaram os feridos para o interior de tendas ou carros, enfileiraram corpos mutilados no acostamento. O grito parecia um só, coletivo e surdo. Di Credo caiu numa lama pedregosa. Esfolou as costas. Teria fraturado um joelho? Ou só um ferimento externo? Nem reparou no sangue.

"Chega..." – disse o soldado. "Você se machucou..."

Di Credo amparou-se a um tronco de pinheiro. Agora não chovia e as dores não incomodavam tanto. Os relâmpagos iluminavam o contorno das montanhas. Despindo a camisa, ele rasgou-a em tiras largas e imobilizou o joelho direito. Aceitou o ombro do militar. Sentiu mais intensamente o inverno.

O vidro duma das portas tinha sido estilhaçado. Os prisioneiros estavam mortos com tiros na cabeça. Algemados. Olhos abertos. Ninguém na viatura. Fezes expulsas pelo pior medo, o derradeiro. Também o sangue – recente e eterno – se espalhava em manchas de acusação e protesto.

Lê-se isto no depoimento de Di Credo:

"Tenho certeza, eu e o soldado, diante daquele rastro de estupidez, recobramos juntos o ódio que a solidariedade atenuara. Não há fronteiras entre seres humanos. Basta apertar as mãos e reconhecer a consciência dessa troca de calor. O soldado disse, vá embora, comunista, fuja daqui, me esqueça e não olhe para trás. Dei-lhe as costas, ou a nuca, não consegui não chorar..."

Tenho respeito pelas lágrimas alheias. E, às vezes, asco por quem as provoca (variada é natureza das secreções íntimas).

O desmoronamento dos morros alterou os planos táticos dos militares. O destino da C-14 era a Casa da Morte, no Bairro Caxambu, em Petrópolis. Lá os mais sádicos do regime mantinham uma pequena Auschwitz para a prisão, o interrogatório, a tortura, o assassinato e o esquartejamento dos *inimigos do nosso povo*. Depois, os corpos aos pedaços eram incinerados numa usina de açúcar em Campos de Goitacazes, norte do Rio. Chegavam em sacos pretos, contidos a nó de corda, até a boca dos fornos. O cheiro forte da incineração confundia-se com o do vinhoto.

Portanto, a ativista Inês Etienne Romeu não foi a única sobrevivente da Casa da Morte. O acaso livrou Amauri Di Credo do infortúnio de ser morto e esquartejado na cidade imperial.

Esquartejado. Meu amigo não se prestou a tamanha indelicadeza com a memória de Stephan Zweig. Ou Dumont.

Capengou para Teresópolis.

De bengala, ocultou-se na carga dum caminhão para a zona portuária de Vitória. Um mês depois, embarcou como clandestino num navio de cruzeiro, para o Uruguai.

É cedo. O Tortoni nunca fecha quando eu estou aqui.
    Que prestígio.

No fundo da garrafa ainda tenho vinho e algumas perguntas.
    Não se acanhe.

O oficial de justiça, Pedro Vaccari, você faz com que pareça real. Ele existiu?
    Tanto quanto eu ou você. Eu gostava dele. Bebia um pouco, cumpria os mandados e recortava simetricamente o *Diário Oficial*. Não se aborrecia quando o chamavam de Cara de Cavalo. Nunca reclamou da carga ou do desconforto. Só não suportava ser chamado de *meirinho*. Mas essa era a linguagem do Bustamante.

Vamos beber.
    Em que você pensa?

Nos retângulos do *Diário Oficial*. Vaccari era um tipo subserviente?
    Não tinha como não ser.

Então, ele merecia um maço diário de recortes. Nem sempre se faz literatura permanente com isso.
    Saúde, Amauri. Até o latim já foi vulgar.

Olhe a primeira mesa, vazia, junto à porta. Ali, um dia, Martha Argerich me confiou um trecho de sua intensa biografia: "Já vivi com muito dinheiro. Com pouco dinheiro. E com dinheiro nenhum. É tudo a mesma coisa..."

Os cafajestes de nosso país, dando e recebendo uma propina perene e monstruosa, deveriam ouvir essa frase.

Deveriam ouvir Martha ao piano.

Improvável. Eles têm a sensibilidade de carregadores de piano.

Que maldade com o emérito e ridículo magistrado Rui Galvão: *Grandes Decisões: Veredas*. **Suponho que seja uma figura simbólica da inércia, da vaidade e do erro na avaliação da vida e das vocações.**

Meus símbolos têm origem e justificativa no fato real. Conheci mais de um magistrado assim: vagabundo, vil, pretensioso e deslocado na magistratura. Não fui maldoso e muito menos injusto. Leia os jornais, Amauri.

Sim. Mas às vezes é preciso reler Aristóteles.

Mas por que Aristóteles vem ao caso?

Por causa desse ódio pessoal aos estelionatários da política, nos seus contos. Sempre me comoveu, num trecho da Retórica, a citação dum dramaturgo desconhecido. *Não guardes rancor imortal, sendo mortal...* Talvez a verdadeira filosofia seja tão só o registro do perene bom senso. Nunca odiar quando basta o desprezo. Não creio que os ladrões tenham vergonha ou medo, de mãos para trás e encarando as câmeras.

Ou erguendo o punho direito sem mascarar o riso boçal e grotesco. São animais de outro pelo. Mas caíram na jaula. Resta-lhes autorizar a sua biografia e rezar um terço na Papuda.

Somos mortais. Por que guardar contra ratos um ódio imortal?

Mas, Amauri. Eu não odeio essa gentalha. A repulsa nunca deve toldar a visão moral. Ratos. Melhor não perdê-los de vista. A liberdade os espera com tornozeleiras eletrônicas, e eu, de boa vontade, indico a eles um emprego rendoso.

Qual?

Quero que trafiquem maconha na Indonésia.

Isolda Cavalieri

Hoje estou separado e só.
São condições perfeitas para a exumação de mim mesmo. Penso nisso porque, cinco anos atrás, quando Maria Helena me perturbava com a sua esquizofrenia e egoísmo, era o momento de exumar os restos da velha Isolda. Ela não chegara aos cem anos, mas ameaçara.

Foi no Gethsêmani, em São Paulo. Dez horas dum dia claro e gelado.

O proprietário das *covas*, o único filho homem de Isolda, o Higino, fez a família entender que estava na hora do despejo. Gente com o hábito externo da religião, com rezas, missas, terços e medalhas, o mal-estar os abatia antes da hora. Desenterrar a velha Isolda Cavalieri... E se o demônio estivesse enlaçado com ela nos subterrâneos do além?

Dolores, irmã de Maria Helena, e o meu cunhado Helmuth Freiburghaus, ficaram na sala da administração enquanto os coveiros caminhavam pela aleia, a passo lento e meditativo, um deles conferindo papéis.

Dolores chorava em silêncio. Helmuth não parava de falar e ninguém o entendia. Esperando os coveiros aos gritos, oradora fúnebre e lamentosa, Maria Helena apontava a quadra gramada do chão e confirmava, "minha mãe está aqui..."

Era uma mulher bonita, Maria Helena. Chorava sem nenhuma expressão no rosto. A voz era forte e trágica. Ela sofria? Serei injusto ao deduzir que a queixa, em Maria Helena, superava o luto que deveria motivá-la? Alta, porém já com a cifose da família, os olhos castanhos e ofídicos, sua angústia incomodava a todos pela intensidade teatral.

Impossível, a ela, não esvaziar inteiramente a dor que julgava sentir. Agora os sons metálicos dos coveiros. Dolores e Helmuth mantiveram-se de cabeça baixa, junto a um renque de podocarpos.

Quase nada restou do caixão e da velha Isolda. Nem mesmo o demônio que parecia acompanhá-la em vida.

Fez-se a última viagem de Isolda Cavalieri numa sacola de plástico, baça e negra, que Maria Helena carregou para o Corolla de Helmuth. "Ela me pegou pela mão a vida toda..."

Os coveiros agradeceram a gratificação.

"Posso carregar esta sacola, minha mãe. Não pesa... Não me custa nada, minha mãe..." Transtornada, Maria Helena gritava pela aleia do Gethsêmani.

Helmuth fez estalar o trinco do porta-malas e fomos ao Cemitério Santo Amaro. Antes do almoço, naquele dia de inverno com o ar a nossa volta, o sol era pálido e inapetente.

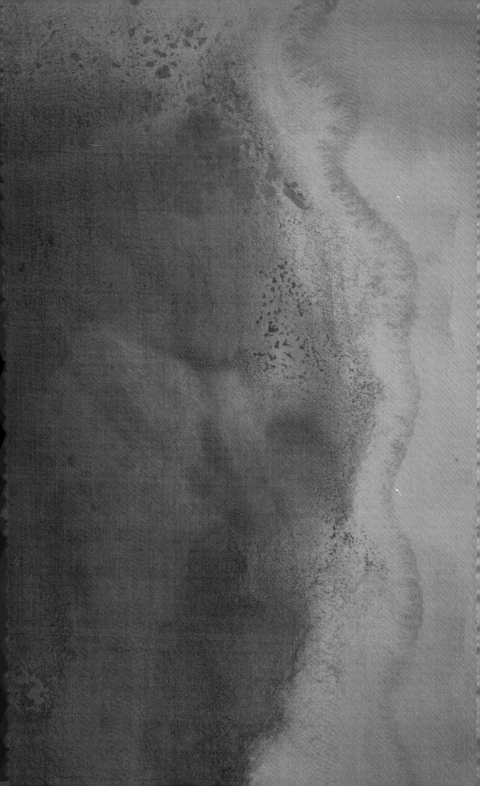

Esta obra foi composta em Dante e
impressa em papel pólen bold 90 g/m² para
Editora Reformatório em outubro de 2015.